U0652490

Jorge Luis
Borges

El jardín de senderos que se bifurcan

小径分岔的花园

［阿根廷］豪尔赫·路易斯·博尔赫斯 著

王永年 译

上海译文出版社

目 录

序　言

　　这个集子里的七篇故事不需要很多诠释。第七篇（《小径分岔的花园》）是侦探小说；读者看到一桩罪行的实施过程和全部准备工作，在最后一段之前，对作案目的也许有所觉察，但不一定理解。另外几篇是幻想小说，其中的《巴比伦彩票》有象征主义色彩。我不是第一个叙说《通天塔图书馆》故事的人；读者如果对它的历史和史前情况感兴趣，不妨查看《南方》杂志第五十九期；那里提到勒西普斯、拉斯维茨、刘易斯·卡罗尔、亚里士多德等一些互不相干的名字。《环形废墟》纯属虚构；《〈吉诃德〉的作者皮埃尔·梅纳尔》的虚构成分是它主人公的命运所决定的，我归诸他的一份作品清单不太有趣，但也不是毫无根据的，那是他的心灵历程的图解……

　　编写篇幅浩繁的书籍是吃力不讨好的谵妄，是把几分钟就能讲清楚的事情硬抻到五百页。比较好的做法是伪托一些早已有之的书，搞一个缩写和评论。卡莱尔在《旧衣新裁》、巴特勒在《安乐的避难所》里都是那样做的；那两本书也有不完善之处，和别的书一样芜蔓。我认为最合理、最无能、最偷懒的做法是写假想书的注释。《特隆、乌克巴尔、奥比斯·特蒂乌斯》和《赫伯特·奎因作品分析》便是这类作品。

豪·路·博尔赫斯

特隆、乌克巴尔、奥比斯·特蒂乌斯

一

我靠一面镜子和一部百科全书的帮助发现了乌克巴尔。镜子令人不安地挂在高纳街和拉莫斯·梅希亚街[1]一幢别墅的走廊尽头；百科全书冒名《英美百科全书》（纽约，一九一七年），实际是一九〇二年版《大不列颠百科全书》一字不差但滞后的翻版。那是四五年之前的事了。比奥伊·卡萨雷斯[2]和我一起吃了晚饭，我们在一部小说的写法上争论了很长时间，小说用第一人称，讲故事的人省略或者混淆了某些情节，某些地方不能自圆其说，有的读者——为数极少的读者——从中猜到一件可怕或者平淡的事。走廊尽头的镜子虎视眈眈地瞅着我们。我们发现（夜深人静时那种情况是不可避免的）凡是镜子都有点可怕。那时，比奥伊·卡萨雷斯想起乌克巴尔创始人之一说过镜子和男女交媾是可憎的，因为它们使人的数目倍增。我问他这句名言有没有出处，他说《英美百科全书》"乌克巴尔"条可以查到。我们租的那幢带家具的别墅正好有那套百科全书。我们在第四十六卷最后找到了"乌普萨拉"条目，在第四十七卷的前几页找到了"乌拉尔－阿尔泰语言"的条目，但根本没有"乌克巴尔"。比奥伊不死心，翻阅目录卷。他查遍了各种可能的谐音：乌可巴尔、乌科巴尔、奥克巴尔、敖克巴尔……可是遍寻无着。他离去前还对我说，那是伊拉克或者小亚细亚的一个地名。我讪讪地表示认可。我猜想，比奥伊为人谨慎，刚才随口说了一个不见经传的地名和异教创始人，总得找个台阶下。后来我又查阅了尤斯图斯·佩尔特斯的《世界地图集》，仍没有找到，更坚定了我的猜想。

1　高纳街和拉莫斯·梅希亚街，均为布宜诺斯艾利斯街名。
2　Adolfo Bioy Casares（1914—1999），阿根廷作家，博尔赫斯密友。作品有《莫雷尔的发明》、《英雄梦》等。

第二天，比奥伊从布宜诺斯艾利斯打电话来对我说，他在《英美百科全书》第二十六卷找到了有关乌克巴尔的条目。里面没有那个异教创始人的姓名，但提到了他的教义，所用的语言同比奥伊上次说的几乎完全相同，只不过也许不及他说的那么文雅。他记得是：镜子和男女交媾是可憎的。《英美百科全书》里的文字是这样的："对于那些诺斯替教派信徒来说，有形的宇宙是个幻影，后者（说得更确切些）则是一个似是而非的理由。镜子和父亲身份是可憎的，因为它使宇宙倍增和扩散。"我开诚布公地对他说，我想看看那个条目。几天后，他带来了。然而出乎我意料，因为里特《地理学》详尽的地图绘制目录里根本没有乌克巴尔。

　　比奥伊带来的那册实际是《英美百科全书》的第二十六卷。外封和书脊上的字母（Tor-Ups）虽是我们要找的，但那卷有九百二十一页，而不是标明的九百十七页。多出的四页恰好是有关乌克巴尔（Uqbar）的条目；正如读者已经注意到的，不在字母标明范围之内。我们后来加以对照，除此以外，两册没有别的区别。在我印象中，两册都注明根据《大不列颠百科全书》第十版翻印。比奥伊那套书是在降价处理时买的。

我们仔细看了那个条目。唯一令人惊异的地方也许是比奥伊记得的那段文字。其余部分似乎都很可信，很符合全书总的格调，并且有点沉闷（那是很自然的事）。我们再看时，发现它严谨的文字中间有些重要的含糊之处。地理部分的十四个专名中间，我们知道的只有三个——乔拉桑、阿美尼亚、埃尔祖鲁姆，含糊不清地夹在文中。历史部分，我们知道的专名只有一个：骗人的巫师埃斯梅迪斯，并且是作为比喻提到的。条目似乎明显界定了乌克巴尔的位置，但它模糊的参考点却是同一地区的河流、火山口和山脉。举例说，条目写道：乌克巴尔南面是柴贾顿洼地和阿克萨三角洲，三角洲的岛屿上有野马繁衍。那是九百一十八页开头。历史部分（九百二十页）说，十三世纪宗教迫害后，东正教徒纷纷逃往岛屿躲避，岛上至今还有他们竖立的方尖碑，不时能发掘出他们的石镜。语言和文学部分很简短。能留下印象的只有一点：乌克巴尔文学有幻想特点，它的史诗和传说从不涉及现实，只谈穆勒纳斯和特隆两个假想的地区……参考书目提的四本书我们至今没有找到，虽然第三本——赛拉斯·哈斯兰：《名为乌克巴尔的地方的历史》，一八七四年——在伯纳德·夸里奇书店的目录里可以找到。[1] 第一本，一六四一年出版的《小亚细亚乌克巴尔地区简明介绍》，作者是约翰尼斯·瓦伦蒂努斯·安德列埃。这件事意味深长；两年后我无意之中在德·昆西的作品（《作品集》，第十三卷）里发现了那个名字，才知道那人是德国神学家，十七世纪初期描述了假想的红玫瑰十字教派社团——后人按照他的设想居然建立过那样的社团。

那天晚上，我们去了国家图书馆，查阅了许多地图册、目录、地理学会的年刊、旅行家和历史学家的回忆录，但是徒劳无功：谁都没有到过乌克巴尔。比奥伊那套百科全书的总目录里也没有那个名字。第二天，卡洛斯·马斯特罗纳尔迪（我向他提到此事）通知我说，他在科连特斯和塔尔卡瓦诺街口的一家书店里看到了黑色烫金书脊的《英美百科全书》……我赶到那家书店，找到第二十六卷。当然，根本没有乌克巴尔的任何线索。

1　哈斯兰还出版了《迷宫通史》。——原注

二

　　阿德罗格¹旅馆茂盛的忍冬花和镜子虚幻的背景中还保留着有关南方铁路工程师赫伯特·阿什有限而消退的记忆。阿什生前同大多数英国人一样显得像是幽灵；死后则比幽灵更幽灵。他身材修长，无精打采，蓄着疲惫的、长方形的红胡子。据我所知，他丧偶后未续弦，没有子女。每隔几年回英国一次去看看一座日晷和几株橡树（这是我根据他给我们看的几帧照片判断出来的）。我的父亲同他密切了（这个动词用得过分夸张）英国式的友谊，开始时互不信任，很快就达到了无须言语交流就心照不宣的程度。他们常常互赠书报，默默地下棋……我记得他在旅馆走廊里的模样，手里拿着一本数学书，有时凝视着色彩变幻不定的天空。一天下午，我们谈论十二进制计数法（这个方法把十二写作十）。阿什说他正在把十二进制的什么表转换为六十进制（这个方法把六十写作十），又说

1　布宜诺斯艾利斯南郊布朗海军上将县的一个镇。

这项工作是南里奥格兰德的一个挪威人委托他做的。我们相识八年，他从没有提起他在南里奥格兰德待过……我们谈论田园生活、枪手、高乔一词的巴西词源（某些上了年纪的乌拉圭人仍把高乔念成高乌乔），恕我直言，我们再也不谈十二进制的功能了。一九三七年九月（我们不在旅馆），赫伯特·阿什因动脉瘤破裂去世。前几天，他收到巴西寄来的一个挂号邮件，是一本大八开的书。阿什把它留在酒吧里，几个月后我发现了。我随便翻翻，感到一阵轻微的昏眩，这里不细说了，因为现在讲的不是我的感受，而是乌克巴尔、特隆和奥比斯·特蒂乌斯的故事。据说在一个千夜之夜的伊斯兰夜晚，天堂的秘密的门洞开，水罐里的水比平时甘甜；如果那些门打开了，我就不会有那天下午的感受。那本大八开的书是英文，有一千零一页。黄色的皮书脊和外封上都印有这些奇怪的字样：特隆第一百科全书。第十一卷。*Hlaer-Jangr*。没有出版日期和地点。首页和覆盖彩色插图的一张薄页纸上盖了一个椭圆形的图章，图章上有奥比斯·特蒂乌斯几个字。两年前，我在一部盗版百科全书的其中一卷里发现了一个虚假国家的简短介绍，今天偶然找到了一些更珍贵、更艰巨的材料。我现在掌握的是一个陌生星球整个历史庞大而有条不紊的片段，包括它的建筑和纸牌游戏，令人生畏的神话和语言的音调，帝王和海洋，矿物和飞鸟游鱼，代数学和火焰，神学和玄学的论争。这一切都条分缕析、相互关联，没有明显的说教企图或者讽刺意味。

我所说的"第十一卷"提到后面和前面的几卷。内斯托·伊巴拉在《新法兰西评论》发表的一篇文章里言之凿凿地否认那些卷册的存在；埃斯基耶尔·马丁内斯·埃斯特拉达和德里厄·拉罗歇尔驳斥了这一怀疑，也许有相当的说服力。事实是到目前为止，所有调查一无所获。我们查遍了美洲和欧洲的图书馆，都白费气力。这种侦探性质的、意义不大的工作使阿方索·雷耶斯感到厌烦，他提议我们干脆举一反三，补全那些缺失的浩瀚卷册。他半开玩笑半认真地计算，一代特隆学者投入毕生的精力大概够了。这种大胆的估计使我们回到了主要问题：谁发明了特隆？肯定不止一个人，大家一致排除了只有一个发明者的假设——像莱布尼茨[1]那样孜

1　Gottfried Wilhelm Leibniz（1646—1716），德国数学家、哲学家。他与牛顿同时期发现微积分原理；他认为一切生物均由"单子"组成，其中有预先建立的和谐，和谐的中心则是创造世界的上帝。

孜不倦、默默无闻地在暗中摸索是不可能的。据猜测，这个勇敢的新世界应该是一个秘密社团的集体创作，由一个不可捉摸的天才人物领导的一批天文学家、生物学家、工程师、玄学家、诗人、化学家、代数学家、伦理学家、画家、几何学家等等。精通那些学科的人有的是，但不是个个都能发明，更不是个个都能把发明纳入一个严格的系统规划。那个规划庞大无比，每一个作者的贡献相比之下显得微乎其微。最初以为特隆只是一团混乱，一种不负责任的狂想；如今知道它是一个宇宙，有一套隐秘的规律在支配它的运转，哪怕是暂时的。第十一卷里的明显矛盾就是证明其他各卷存在的基石：该卷的顺序十分清晰正确，这一点足以说明问题。通俗刊物情有可原地大肆传播了特隆的动物和地形，我认为那里通体透明的老虎和血铸成的塔也许不值得所有的人继续加以注意。我斗胆利用几分钟的时间来谈谈特隆的宇宙观。

休谟干脆利落地指出，贝克莱的论点容不得半点反驳，但也丝毫不能使人信服。这一见解完全适用于特隆那个完全虚假的地方。那个星球上的民族是天生的理想主义者。他们的语言和语言的衍生物——宗教、文学、玄学——为理想主义创造了先决条件。在特隆人看来，世界并不是物体在空间的汇集，而是一系列杂七杂八的、互不相关的行为。它是连续的、暂时的、不占空间的。特隆的"原始语言"（由此产生了"现代"语言和方言）里面没有名词，但有无人称动词，由单音节的、具备副词功能的后缀或前缀修饰。举例说：没有与"月亮"相当的词，但有一个相当于"月升"的动词。"河上生明月"在特隆文里是 hlör u fang axaxaxas mlö，依次说则是"月光朝上在后长流"（苏尔·索拉尔把它简化译成"上后长流月"）。

前面谈的是南半球的语言。至于北半球的语言（第十一卷里极少有关它们的原始语言的资料），基本单元不是动词，而是单音节的形容词。名词由形容词堆砌而成。那里不说"月亮"，只说"圆暗之上的空明"或者"空灵柔和的橘黄"或者任何其他补充。上面的例子说明形容词的总体只涉及一件真实的物体，事实本身纯属偶然。北半球的文学（如同梅农的现存世界）有大量想象的事物，根据诗意的需要可以随时组合或者分解。有时候完全由同时性决定。有的物体由两个术语组成，一个属于视觉性质，另一个属于听觉性质：

旭日的颜色和远处的鸟鸣。这类例子还有许多：游泳者胸前的阳光和水，闭上眼睛时看到的模糊颤动的粉红色，顺着河水漂流或者在梦中浮沉的感觉。这些第二级的物体可以和别的物体结合；通过某些缩略后，结合过程无穷无尽。有些诗歌名篇只有一个庞大的词。这个词构成作者创造的"诗意物体"。不可思议的是，谁都不信名词组成的现实，因此诗意物体的数量是无限大的。特隆的北半球的语言具备印欧语言的所有名词，并且远不止这些。

可以毫不夸张地说，特隆的古典文化只包含一个学科：心理学。其余学科都退居其次。我说过，那个星球上的人认为宇宙是一系列思维过程，不在空间展开，而在时间中延续。斯宾诺莎把引申和思维的属性归诸心理学的无穷神性；特隆人不懂得把前者和后者相提并论，前者只是某些状态的特性，后者则是宇宙的地道的同义词。换一句话说，他们不懂得空间能在时间中延续。看到天际的烟雾，然后看到燃烧的田野，再看到一支没有完全熄灭的雪茄，被认为是联想的例子。

这种一元论或者彻底的唯心论使科学无用武之地。把一件事和另一件事联系起来才能对它作出解释（或判断）；特隆人认为那种联系是主体的后继状态，不能影响或阐明前面的状态。一切心理状态都是不可变的：即使加以命名——就是加以分类——也有歪曲之嫌。从中似乎可以得出特隆没有科学，甚至没有推理的结论。但自相矛盾的真相是有几乎不计其数的推理的存在。北半球的这一切和名词的情况相同。一切哲学事先都是辩证的游戏，似是而非的哲学，这一点使得哲学的数量倍增。它的体系多得不胜枚举，结构令人愉快，类型使人震惊。特隆的玄学家们寻求的不是真实性，甚至不是逼真性，他们寻求的是惊异。他们认为玄学是幻想文学的一个分支。他们知道所谓体系无非是宇宙的各个方面从属于任何一个方面。"各个方面"这种说法遭到了排斥，因为它意味着目前和过去时刻的添加，而添加是不可能的。复数的"过去"也遭到了非议，因为它意味着另一个不可能的操作……特隆的学派之一甚至否认时间，他们是这样推理的：目前不能确定；将来并不真实，只是目前的希望；过去也不真实，只是目前的记忆。[1]另一个学派宣称，全部时间均已过

1 罗素（《思维分析》，1921年，第159页）设想星球是几分钟前形成的，星球居民能"回忆"虚幻的过去。——原注

去，我们的生命仅仅是一个无可挽回的衰退过程的回忆或反映，毫无疑问地遭到了歪曲和破坏。还有一派宣称，宇宙的历史——以及我们的生命和我们生命中的细枝末节——是一位低级的神为了同魔鬼拉关系而写出来的东西。再有一派认为宇宙可以比作密码书写，其中的符号并不是都有意义，只有每隔三百个夜晚发生的事情才管用。有一个学派宣称，我们在这里睡觉时，在另一个地方却是清醒的，因此每一个人都是两个。

特隆的诸多理论中间，只有唯物主义引起了轩然大波。像提出悖论的人那样，某些热情有余、分析不足的思想家提出了唯物主义。为了便于人们懂得那不可理解的论点，十一世纪[1]的一个异教创始人想出了九枚铜币的似是而非的理论，在特隆引起了轰动。那个"骗人的推理"有许多说法，铜币的数目和找到的数目各个不同；下面的说法流传最广：

"星期二，某甲走在一条冷僻的路上，遗失了九枚铜币。星期四，某乙在路上捡到四枚，由于星期三下过雨，钱币长

---

1 按照十二进制，这里的世纪有一百四十四年。——原注

了一些铜锈。星期五，某丙在路上发现了三枚铜币。星期五早上，甲在自己家的走廊里找到了两枚。"异教创始人想从这件事中推断出九枚钱币失而复得的真实情况，即它的连续性。他断言，"假设星期二至星期四之间四枚铜币不存在，星期二至星期五下午之间三枚铜币不存在，星期二至星期五清晨之间两枚铜币不存在的这种想法是荒谬的。合乎逻辑的想法是，在那三段时间中的所有瞬间钱币始终存在，只是处于某种隐蔽的方式，不为人们所知而已。"

在特隆的语言里，不可能提出这种悖论；人们根本不能理解。维护常识的人起先只限于否认故事的真实性。再三说那是一派胡言，胆大妄为地引用了既非约定俗成又不符合严谨思维的两个新词，"找到"和"遗失"两个动词含有逻辑错误，把未经证明的判断作为证明命题的论据，因为它们假设了最初九枚和最后九枚钱币的同一性。他们指出，一切名词（人、钱币、星期四、星期三、雨）只具备比喻的意义。他们指出，"由于星期三下过雨，钱币长了一些铜锈"这句话是别有用心的，以企图证明的论点为前提，即在星期四和星期二之间四枚钱币的继续存在。他们解释说，"同等性"和

"同一性"是两回事，因而落入了"归谬法"的范畴，即九个人在连续九个夜晚感到剧痛的假设情况。幻想同样的疼痛岂不荒谬？他们质问道。[1] 他们说那个异教创始人的亵渎神明的动机在于把"存在"的神圣属性给了几枚普通的钱币，有时否认多元性，有时又不否认。他们摆道理说：如果同等性包含了同一性，就得承认九枚钱币只是一枚。

难以置信的是，辩论并没有结束。问题提出了一百年后，一位不比那个异教创始人逊色、但属正统的思想家提出了一个非常大胆的假设。他推测主体只有一个，那个不可分的主体即是宇宙中的每一个人，而这些人则是神的器官和面具。甲是乙，又是丙。丙之所以发现三枚是因为他记得甲遗失了钱币；甲之所以在走廊上发现两枚钱币是因为他记得其余的钱币已经找到……第十一卷说明决定那种唯心主义泛神论彻底胜利的主要理由有三：第一，对唯我主义的扬弃；第二，保存了科学基础的可能性；第三，保存了神道崇拜的可能性。

1　时至今日，特隆的一个教会从纯理论的角度出发，仍认为那种疼痛、黄绿颜色、温度、声音是唯一的现实。所有的人在欲仙欲死的交媾时刻都是同一个人。所有的人在重复莎士比亚的诗句时，都是威廉·莎士比亚。——原注

叔本华（热情而又清醒的叔本华）在他的《附录与补遗》第一卷里提出了一个极其相似的理论。

特隆的几何学包含了两个略有不同的学科：视觉几何和触觉几何。后者相当于我们的几何学，从属于前者。视觉几何的基础是面，不是点。这种几何学不承认平行线，宣称人在移动位置时改变了他周围事物的形状。特隆算术的基本概念是不定数。他们强调了在我们的数学里用＞和＜符号表示的大小概念的重要性。他们断言运算过程能改变数量的性质，使它们从不定数变为定数。几个人计算同一个数量时得出相等的结果，这一事实在心理学家看来就是联想或者善于运用记忆的例子。我们知道，特隆人主张认识的主体是单一和永恒的。

在文学实践方面，单一主体的概念也是全能的。书籍作者很少署名。剽窃观念根本不存在：确立的看法是所有作品出自一个永恒的、无名的作家之手。评论往往会虚构一些作者：选择两部不同的作品——比如说，《道德经》和《一千零一夜》——把它们归诸同一个作家，然后如实地确定那位有趣的"文人"的心态……

特隆的书籍也不一样。虚构性质的作品只有一个情节，衍生出各种可能想象的变化。哲学性质的作品毫无例外地含有命题和反命题，对一个理论的严格支持和反对。一本不含对立面的书籍被认为是不完整的。

存在了几百年的唯心主义一直影响着现实。在特隆最古老的地区，复制泯灭的客体的现象并不罕见。两人寻找一支笔；前者找到了却不做声；后者找到了第二支笔，真实程度不亚于第一支，但更符合他的期望。那些第二级的客体叫作"赫隆尼尔"，比第一级的长一些，虽然形状不那么好看。不久前，那些"赫隆尼尔"是漫不经心和遗忘的偶然产物。它们有条不紊的生产的历史只有一百年，仿佛令人难以置信，但是第十一卷里就是这么说的。最初的尝试毫无结果。然而它的做法却值得回忆。一座国家监狱的典狱长通知囚犯们说，一条古河床底下有墓葬，谁发掘到有价值的东西就可以获得自由。着手发掘前的几个月，给囚犯们看了一些可能找到的东西的照片。第一次实验证明，希望和贪婪是有抑制作用的；囚犯们用铁铲和尖镐干了一星期，除了一个锈蚀的轮子以外没有发掘出任何"赫隆"，而那个轮子的年代还属于实验以后的时期。监狱的实验没有外传，后来在四所学校里予以重复。

三所学校可以说彻底失败；第四所学校（校长在开始发掘时意外死亡）的学生们发掘了——或者生产了——一个金面具、一把古剑、两三个陶罐和一位国王的发绿而残缺的躯干，胸部有文字，但文字意义至今未能破译。通过这些实验，发觉由了解发掘的实验性质的人参与是不合适的……从大规模的调查中得到的客体是互相矛盾的；如今多采取单干和几乎带有临时性质的方式。有条不紊地制作"赫隆尼尔"（第十一卷里是这么说的）对考古学家们的帮助极大，使他们有可能对过去提出质疑甚至修改，使过去也像将来那么有可塑性了。奇怪的是，第二级和第三级的"赫隆尼尔"——也就是另一个"赫隆"派生的"赫隆尼尔"，或者"赫隆"的"赫隆"派生出来的"赫隆尼尔"——夸大了第一级的畸变；第五级几乎没有变化；第九级容易同第二级搞混；第十一级的纯度甚至超过第一级。演变过程有周期性：第十二级的"赫隆"开始退化。有时候，比所有"赫隆"更奇特、更正宗的是"乌尔"，也就是暗示的产物，期望引申出来的客体。我提到的那个黄金大面具是极好的例子。

特隆的事物不断复制；当事物的细节遭到遗忘时，很容易模糊泯灭。门槛的例子十分典型：乞丐经常去的时候，门槛一直存在，乞丐死后，门槛就不见了。有时候，几只鸟或一匹马能保全一座阶梯剧场的废墟。

一九四○年，东萨尔托

一九四七年后记

本篇按照一九四○年《幻想文学精选》出版的文字重印，除了删掉某些比喻和一段如今显得空泛的概括外，未作任何改动。这几年发生了许多事……我大致叙说一下。

一九四一年三月，原属赫伯特·阿什的一本欣顿写的书里，发现了贡纳尔·厄菲约德的一封信。信封上的邮戳表明寄自欧罗普勒托；信里内容彻底阐明了特隆的奥秘，证实了马丁内斯·埃斯特拉达的假设。那个精彩的故事是十七世纪初的一个晚上在卢塞恩或者伦敦开始的。出现了一个旨在建立国家的秘密会社或慈善团体（达尔加诺和乔治·贝克莱先后都是会社成员）。初期不很明确的纲领里有"赫尔墨斯研究"、博爱、神秘哲学等内容。安德列埃那本奇特的书就属于那一时期。经过几年秘密会议和不成熟的综合后，他们认识到一代人的努力不足以建立一个国家，于是决定每一个会员带一个徒弟继续他们的事业。那种世代相传的状况维持了一段时间；秘密社团后来遭到迫害，中断了两个世纪后，在美洲重新出现。一八二四年前后，一个会员在孟菲斯（田纳西州）同禁欲主义的百万富翁埃兹拉·巴克利会谈。巴克利不以为然地听他说完，嘲笑计划的小气，说是在美国建立国家未免可笑，不如建一个星球。出了这个宏伟的主意后，还出了一个符合他的虚无主义的小点子[1]：这项庞大的工程要严格保密。当时市面上已发行二十卷的《大不列颠百科全书》，巴克利建议出一套有关那个幻想星球的有条理的百科全书。他可以投入他的金矿、通航的河流、遍地家牛和野牛的牧场、黑奴、妓院和美元，但有一个条件："那套全书不能和骗子耶稣基督打交道。"巴克利不信上帝，然而要向不存在的上帝证明，凡夫俗子也能创造一个世界。一八二八年，巴克利在路易斯安那州首府巴吞鲁日中毒身亡；一九一四年，社团向三百名会员寄出了《特隆第一百科全

1　巴克利是自由思想者、宿命论者，拥护奴隶制。——原注

书》的最后一卷。全书四十卷（世人做过的最宏伟的工程）是秘密出版的，将作为另一套更详尽的全书的基础，那套书不用英文，而用特隆的一种语言，虚幻世界的修订本暂名《奥比斯·特蒂乌斯》，撰稿人之一就是赫伯特·阿什，至于他是作为贡纳尔·厄菲约德的代理人呢，还是作为会员，我就不清楚了。他既然收到第十一卷的样书，似乎是会员。那么，其余几卷呢？一九四二年左右，情况变得复杂了。我特别清楚地记得最初的一个情况，觉得它有预兆的性质。事情发生在拉普里达街的一座公寓里，对面是一个宽敞明亮的朝西阳台。福西尼·吕桑热公主收到从普瓦蒂埃寄给她的银餐具。从盖了世界各国印戳的大箱子里取出一件件精致的器皿：荷兰乌得勒支和法国巴黎的银器，上面都有动物图案的纹章，还有一把茶炊。器皿中有一个神秘的罗盘，像一只睡着的小鸟那样微微颤动。公主以前没有见过。蓝色的指针竭力指向有磁力的北极；金属外壳有个凹面；表盘上的字母是一种特隆文字。那是虚幻世界对真实世界的第一次侵入。一个偶然的机会让我大为不安地目睹了第二次侵入。那是几个月后发生在黑山一个巴西人开的酒店里的事。阿莫林和我从圣安娜回来。塔夸伦博河水暴涨，使我们不得不尝试并忍受那家酒店简陋的款待。酒店老板在一个满是木桶和皮张的大屋子里替我们安排了几张吱嘎作响的小床。我们躺了下去，但是到了天亮还没有睡着：隔壁一个没有露面的客人喝醉了酒，一会儿口齿不清地大骂，一会儿连连不断地唱米隆加曲子。我们自然把那不停的喧哗归罪于老板提供的火辣辣的烧酒……天亮时，那位老兄躺在走廊里死了。他嘶哑的嗓音欺骗了我们：居然是一个年轻的小伙子。他发酒疯时宽腰带里掉出几枚钱币和一个骰子般大小的发亮的金属圆锥体。一个小孩想去捡，可是拿不动。一个大人好不容易才捡起来。我把它放在掌心，重得支持不了几分钟，放下后，掌心还有一圈深深的印子。这种极小而又极重的东西给人一种既厌恶又恐惧的不愉快的感觉。有人主张把它扔进河里。阿莫林用几个比索换下那东西。死者情况一点都不了解，只知道他"从边界那面来的"。在特隆的某些宗教里，那种沉重非凡的小圆锥体（制作它们的金属不是这个世界所有的）是神的形象。

故事中有关我个人的部分到此结束。其余部分留在读者的记忆中（如果不是期望或恐惧的话）。我还要简单地谈谈此后的事情，人们回忆时一般都会添枝加叶，加以演绎。一九四四年，《美洲人报》（田纳西州纳什维尔）的一位研究员在孟菲斯的一家图书馆里发现了四十卷的《特隆第一百科全书》。这一发现是否偶然，或者经过扑朔迷离的《奥比斯·特蒂乌斯》领导们的认可，到今天为止还没有定论。第二种说法似乎可信。孟菲斯的版本删除或者淡化了第十一卷中某些不可思议的特点（比如说，《赫隆尼尔》的倍增）；为了不把一个虚幻世界展示得过于离谱，以致同真实世界格格不入，作出这些删除是合情合理的。特隆的物件在世界各国的传播补充了这种想法[1]……事实是，全世界的报刊没完没了地炒作这一"发现"。这部"人类杰作"的手册、选编、摘要、直译本、授权版和海盗版充斥全球。不止一处的现实几乎立即作出了让步。它们确实希望让步。十年来，任何貌似秩序井然的和谐——辩证唯物主义、排犹主义、纳粹主义——足以把人们搞得晕头转向了。像特隆这样井然有序、有大量详尽证据的星球，为什么不能接受呢？回答说现实也井然有序是没有用的。现实或许是这样的，但符合神的规律——换句话说，符合非人性的规律——我们永

---

[1] 当然，还留下某些物品的"材料"问题。——原注

远不可能察觉。特隆也许是一个迷宫，不过是人策划出来的迷宫，注定将由人来破译的迷宫。

同特隆的接触，对特隆习俗的了解，使得这个世界分崩离析。人类为它的精确性倾倒，一再忘记那是象棋大师而不是天使的精确性。特隆的（假设的）"原始语言"已经进入学校；它的（充满动人事迹的）和谐历史的教导一笔勾销了我小时学的历史；虚幻的过去在记忆中占据了我们从未确知的——甚至不知是假的过去。古钱币学、药物学和考古学已经重新修订。据我所知，生物学和数学也将改变……一个分散各地的独行者的王朝改变了地球面貌。它的任务仍在继续。如果我们预见不错的话，从现在起不出一百年，有人将会发现一百卷的《特隆第二百科全书》。

那时候，英语、法语和西班牙语将会在地球上消失。世界将成为特隆。我并不在意，我仍将在阿德罗格旅馆里安静地修订我按照克维多风格翻译的托马斯·布朗爵士的《瓮葬》[1]的未定稿（我没有出版它的打算）。

---

1 Sir Thomas Browne（1605—1682），英国医师、学者、作家，《瓮葬》是 1658 年出版的《居鲁士花园》中的一篇。

《吉诃德》的作者皮埃尔·梅纳尔

献给西尔维娜·奥坎波

　　这位小说家留下的可见的作品为数不多，不难一一列举。因此，亨利·巴舍利耶夫人在一份虚假的书目中任意增添删除的做法是不能宽恕的。一家有明显新教倾向的报纸，读者人数虽然有限，又是加尔文教派，但至少不是共济会会员和犹太人，刊登了那份书目，对可悲的读者们未免不够尊重。梅纳尔真正的朋友看到那份书目后大吃一惊，甚至有点伤心。他们不禁要说，我们昨天还聚集在他的墓碑前为他志哀，现在谬误已经试图玷污他的遗念了……必须坚决加以纠正。

　　我深知自己人微言轻，我的权威性很容易遭到否定。然而，我相信不会不让我援引两位有头有脸的人物的话来证明。巴库尔男爵夫人（正是在她家的难忘的周五聚会上，我有幸认识了那位去世的诗人）认可了下面的文字。巴尼奥雷焦伯爵夫人，摩纳哥公国最高雅的仕女之一（新近下嫁国际慈善家西蒙·考奇，现在是宾夕法尼亚州匹兹堡上流社会的名人。唉！考奇的无私操作招来了多少非议）"为了真实和死者"（这是她的原话）打破了她高贵的缄默，在《豪华》杂志上发表了一封公开信，也给予我她的认可。我相信，这些证言不会不够吧。

我说过，梅纳尔的"可见的"作品为数不多，不难一一列举。我细心地查阅了他的个人档案后，确定他的作品有如下几篇：

a）象征主义的十四行诗一首，在《贝壳》杂志上两次发表（略有改动）（一八九九年三月和十月）。

b）专论一篇，探讨编纂一部诗歌词典的可能性，其中的概念不是表达普通语言的同义词或婉转语，"而是约定俗成的、主要为满足诗歌需要而创造的理想事物"（尼姆，一九〇一年）。

c）专论一篇，探讨笛卡儿、莱布尼茨和约翰·威尔金斯[1]"思想的某些联系和相似"（尼姆，一九〇三年）。

d）专论一篇，探讨莱布尼茨的"普遍特性"（尼姆，一九〇四年）。

e）技术性文章一篇，探讨减掉象棋里的一枚车前卒以丰富棋艺的可能性。梅纳尔提出革新意见，加以推荐，讨论了它的优缺点，最终否定了那个革新。

f）专论一篇，评介拉蒙·卢尔[2]的《大艺术》（尼姆，一九〇六年）。

g）鲁伊·洛佩斯·德塞古拉的《象棋的自由发明和棋艺》一书的翻译，作了序言和注释（巴黎，一九〇七年）。

h）有关乔治·布尔[3]的象征逻辑的一篇专论的两份草稿。

i）法语散文的基本格律规律的剖析，以圣西蒙的作品为例（《罗曼语族语言杂志》，蒙彼利埃，一九〇九年十月）。

j）驳吕克·迪尔坦（他否认此类规律的存在），以吕

1　John Wilkins（1614—1672），英国主教、自然哲学家。
2　Ramon Llull（1232—1315），西班牙神学家、哲学家，他所著的《大艺术》是经院哲学最早的著作之一。
3　George Boole（1815—1864），英国数学家。

克·迪尔坦的作品为例（《罗曼语族语言杂志》，蒙彼利埃，一九〇九年十二月）。

k）克维多《文化航行指针》的译文草稿一份，译文标题为《珍品指南》。

l）为卡罗吕斯·乌尔卡德版画展览的目录写的前言一篇（尼姆，一九一四年）。

m）论著《一个问题引起的问题》（巴黎，一九一七年），按年代先后谈论"阿喀琉斯与乌龟"问题的答案。此书至今已出了两版。第二版加了莱布尼茨的这句话作为题词："先生，不必怕乌龟"，并且修改了有关罗素和笛卡儿的两章。

n）对图莱的《句法习惯》的固执己见的分析文章一篇（《新法兰西评论》，一九二一年三月）。我记得梅纳尔在文中声称，非难和赞颂都是感情用事，与评论无关。

o）把保罗·瓦莱里的《海滨墓园》改写成亚历山大体诗[1]（《新法兰西评论》，一九二八年一月）。

---

1 《海滨墓园》是瓦莱里诗歌的代表作，是他最富有哲理、最充满抒情性的一部诗篇。亚历山大体诗，每行六音步、十二音节、抑扬格。

p) 抨击保罗·瓦莱里的文章一篇，发表在雅克·勒布尔编的《取消现实集》里。（这里要插一句，那篇抨击文章是他对瓦莱里的真正看法的反话。瓦莱里心里明白，两人的老交情没有发生危机。）

q) 对巴尼奥雷焦伯爵夫人的"阐明"一篇，发表在伯爵夫人自己编印的《无可辩驳集》（这个名称是另一个撰稿人加百列·邓南遮[1]起的）。伯爵夫人的美貌和社会活动很容易引起新闻媒体的错误和草率的报道，为了纠正那些不可避免的歪曲，并且"向世界和意大利"展示她的真实面貌，她每年编印一本集子。

r) 献给巴库尔男爵夫人的一组明丽的十四行诗（一九三四年）。

s) 标点符号十分规范的诗句清单手稿一份。[2]

梅纳尔的"可见"的作品，按时间先后次序排列，全在

1 Gabriele d'Annunzio（1863—1938），意大利作家，早期作品有唯美主义倾向，后接受尼采的哲学思想，讴歌肩负历史重任的"超人"，和墨索里尼有私交，曾任意大利科学院院长。

2 亨利·巴舍利耶夫人还列出克维多翻译的圣弗朗西斯科·德萨尔斯的《虔诚生活发凡》的直译本，皮埃尔·梅纳尔的藏书中并没有此书的踪迹。也许是我们的朋友开的玩笑，而她信以为真了。——原注

这里了（除了为亨利·巴舍利耶夫人的好客而贪婪的纪念册写的几首应酬性质的十四行诗以外，没有什么遗漏）。现在我要谈谈他的另一部尚未面世、富有雄心壮志、无与伦比的作品。也是他没有完成的作品，唉，人的能力毕竟太有限了！那部作品也许是当代最有影响的，包括《吉诃德》的第一部的第九章、第三十八章以及第二十二章的片段。我知道这种说法似乎荒谬，本文的主要目的就是要证实这种"荒谬"说法的来龙去脉。[1]

两篇价值不等的文字激发了他的创作欲望。一是诺瓦利斯[2]的一段语言学的论述——在德累斯顿版的集子里编号为二○○五——其中概述了和某一位特定作家"完全自居等同"的主题。另一是那些把基督搬到林荫大道、把哈姆雷特搬到大麻田、把堂吉诃德搬到华尔街的欺世盗名的作品之一。梅纳尔同所有趣味高雅的人一样，厌恶那种毫无意义的胡闹，

---

1 除此主要目的以外，我还想勾勒一下皮埃尔·梅纳尔的面貌。但是，据说巴库尔男爵夫人也在写，我怎敢同她的生花妙笔，或者同卡罗吕斯·乌尔卡德细致入微的描写媲美呢？——原注
2 Novalis（1772—1801），德国诗人，德国浪漫主义文学代表人物之一，他认为诗歌的题材和内容应是神秘、奇妙、童话般的东西。代表作有《夜颂》。

他说那种作品只是以时代错乱的手法来媚俗，或者（更恶劣的是）以所有时代都相同或都不相同的基本概念来取悦于平民百姓。他认为更有趣的是都德[1]那个著名的（尽管实施起来有点矛盾肤浅）主意，即把那位奇情异想的绅士和他的仆人合成一个达达兰……如果有谁暗示说梅纳尔毕生要写一位现代的吉诃德，那就是对他的清名的诽谤。

他并不想创造另一个吉诃德——这样做容易得很——而是创造正宗的"吉诃德"。毋庸赘言，他从未打算机械地照搬原型，他不想模仿。他值得赞扬的壮志是写出一些同米格尔·德·塞万提斯逐字逐句不谋而合的篇章。

一九三四年九月三十日，他从巴荣纳写信告诉我说："我的目的只是惊世骇俗。神学或形而上学所论证的终极——外部世界、上帝、偶然性、宇宙形式——并不先于我的小说或者比它更普通。唯一的区别是哲学家们在他们工作中期就出版了那些漂亮的作品，而我决心使它们消失。"事实上，他没

---

1 Alphonse Daudet（1840—1897），法国小说家。达达兰是他在长篇小说《达拉斯贡城的达达兰》里塑造的一个自吹自擂的庸人的典型形象，小说以漫画手法讽刺资产阶级中某些人虚张声势的"英雄主义"。

有留下一页能证明那项长年工作的草稿。

他设想的开头的方法相当简单。掌握西班牙语，重新信奉天主教，同摩尔人和土耳其人打仗，忘掉一六〇二至一九一八年间的欧洲历史，"成为"米格尔·德·塞万提斯。皮埃尔·梅纳尔研究了那一程序（我知道他相当忠实地掌握了十七世纪的西班牙语），但由于它太容易而放弃了。读者会说，恐怕不是由于容易，而是由于不可能吧！我同意，但是，那项工作一开始就不可能完成，实现时采用的所有不可能的方法中间，这一方法最平淡无奇。他觉得，身在二十世纪而成为十六世纪的一个通俗小说家，未免贬低自己的身份。在他看来，通过某种方式成为塞万提斯、从而达到吉诃德，和继续做他的皮埃尔·梅纳尔、通过皮埃尔·梅纳尔的体会而达到吉诃德，相比之下前者容易多了——因此也不太有趣。（顺便说一句，这种想法促使他排除了《吉诃德》第二部里的自传式前言。如果把前言包括在内，就意味着要创造另一个人物——塞万提斯——同时也意味着要以那个人物，而不是以梅纳尔的身份来表现吉诃德了。梅纳尔自然不干那种轻而易举的事情。）"我的工作基本上并不困难，"他在信中另一处说，"我只要不死，就能完成。"我是不是要承认，我时常想象他已经完成了那部作品，而我按梅纳尔的设想读着《吉诃德》——完整的《吉诃德》呢？前几天晚上，我翻阅第二十六章时——他从未尝试写那一章——在这个不同一般的句子里辨出了我们朋友的风格，甚至他的声音：小河里的宁芙，痛苦而湿漉漉的回声仙女。一个精神上的形容词和另一个肉体上的形容词的完美糅合，使我想起一天下午我们探讨的莎士比亚的一句诗：

那里有一个居心不良、缠着头巾的土耳其人……

我们的读者会问：为什么恰恰是吉诃德呢？对于一个西班牙人，这种偏爱不难理解，但是对于一个尼姆的象征主义者，无疑就不好解释了。他主要是崇敬爱伦·坡从而推及波德莱尔、马拉美、瓦莱里和埃德蒙·泰斯特。前面提到的信阐明了这一点。梅纳尔说："《吉诃德》使我深感兴趣，但是并不让我觉得，该怎么说呢，是必不可少的。这个宇宙如果

没有爱伦·坡的感叹:

　　啊，要记住，这是一个中了魔的花园!

如果没有《醉舟》或《古舟子咏》，会使我难以想象，但是如果没有《吉诃德》，我知道我完全能够想象（当然，我说的是我的个人能力，不是那些作品的历史反响）。《吉诃德》是一部偶发的书，《吉诃德》不是必然的。我能事先构思，能把它写出来，不犯同义反复的毛病。我十二三岁时就看过，也许是全文。后来我仔细地重读了某些我目前不打算涉猎的篇章。我还读过幕间短剧、喜剧、《伽拉苔亚》、《训诫小说》、殚精竭虑的《贝雪莱斯和西吉斯蒙达历险记》和《帕尔纳索斯游记》……我对《吉诃德》的一般印象由于遗忘和冷漠而简化了，很可能同看到一部根本没有写的书之前的模糊印象相仿。假定产生了那种印象（谁也无权禁止我），我的问题无疑要比塞万提斯面临的问题困难得多。我的讨人欢喜的前驱不拒绝借助于偶然因素，他那部不朽之作有点草率:信笔写来，随意杜撰。我负起神秘的责任，要逐字逐句地重写他的任性的作品。我的单人游戏受到两条截然相反的规律的支配。第一条允许我尝试形式或心理上的变体；第二条却迫使我囿于'原文'而放弃变体，并且要以无可辩驳的方式证明放弃的合理……除了那些人为的障碍之外，还有一个先天的障碍。在十七世纪初期撰写《吉诃德》是合情合理的、必要的甚至不可避免的工作，在二十世纪初期撰写却几乎是不可能的。三百年不是白白过去的，这期间发生了许多十分复杂的事情。只要提其中的一件就够了：《吉诃德》本身。"

尽管有这三个障碍，梅纳尔支离破碎的《吉诃德》比塞万提斯的《堂吉诃德》微妙。塞万提斯用他的国家贫困的乡村现实来对抗骑士小说，梅纳尔选择了勒班托和洛佩·德·维加时代的卡门的故乡作为"现实"。莫里斯·巴雷斯[1]和罗德里格斯·拉雷塔博士[2]作出同样选择时也会采用西班牙地方色彩。梅纳尔理所当然地加以避免。他的作品里没有

---

1 Maurice Barrès（1862—1923），法国小说家，作品如《法兰西的不朽精神》等有强烈的民族主义和爱国主义精神；在《格雷科或托莱多的秘密》中探讨了西班牙文化。

2 Enrique Rodriguez Larreta（1875—1961），阿根廷小说家，他写的《堂拉米罗的荣耀》以菲利佩二世时期的西班牙为背景。

吉卜赛风习，没有征服者、神秘主义者、菲利佩二世或者宗教裁判的火刑。他不采纳或者排斥地方色彩。那种藐视体现了历史小说的新观念。那种藐视固执地谴责了《萨朗波》[1]。

把各章抽出来单独研究一下，结果也是令人惊异的。举例说，我们不妨看看第一部的第三十八章，"堂吉诃德对于文武两行的奇论"。众所周知，堂吉诃德（正如克维多在《众生的时刻》的类似和以后的章节所说的一样）作出的裁决，不利于文人而有利于武夫。塞万提斯自己当过军人：他的裁决不说自明。然而皮埃尔·梅纳尔是和《文人无行》那部作品以及伯特兰·罗素同时代的人，他的堂吉诃德竟然重犯了那种模糊的诡辩的错误！巴舍利耶夫人从中看到了作者跟着主人公心理走的值得赞美和典型的例子；别人（眼光毫不敏锐）看到了《吉诃德》的抄袭；巴库尔男爵夫人看到了尼采的影响。在第三种解释（我认为是无可辩驳的）之后，我不知道自己是否胆敢加上第四种解释，它非常适合皮埃尔·梅纳尔几乎圣洁的谦逊，梅纳尔有一种屈从或讽刺的习惯：发

1　法国作家福楼拜 1862 年发表的历史小说，以两千多年前迦太基的内战为背景。

表同自己喜爱的想法完全相反的意见。（我们再次想起他在雅克·勒布尔的昙花一现的超现实主义刊物上发表的抨击保罗·瓦莱里的文章。）塞万提斯和梅纳尔的文字语言完全相同，然而后者丰富多彩的程度几乎是前者望尘莫及的。（诽谤他的人会说他含糊不清，但含糊不清也是丰富多彩的一种表现。）

把梅纳尔的《吉诃德》同塞万提斯的《堂吉诃德》加以对照是大有启发的。举例说，后者写道（《堂吉诃德》，第一部第九章）：

> ……历史所孕育的真理是时间的对手，事件的储存，过去的见证，现在的榜样和儆戒，未来的教训。

"外行作家"塞万提斯在十七世纪写的这段综述只是对历史的修辞的赞扬。与之相反，梅纳尔写的是：

> ……历史所孕育的真理是时间的对手，事件的储存，过去的见证，现在的榜样和儆戒，未来的教训。

孕育真理的历史，这种想法令人惊异。梅纳尔是和威廉·詹姆斯[1]同时代的人，他给历史下的定义不是对现实的探索而是现实的根源。对他说来，历史的真实不是已经发生的事情，而是我们认为已经发生的事情。结尾的句子——现在的榜样和儆戒，未来的教训——是明目张胆的实用主义。

风格的对比也十分鲜明。梅纳尔仿古的文风——他毕竟是外国人——有点矫揉造作。他的前驱则没有这种毛病，挥洒自如地运用他那一时代的流行的西班牙语。

任何智力活动最终都是有用的。一种哲学理论开头是对宇宙的可信的描述；随着岁月的流逝，逐渐沦为哲学史的一章，甚至一节或者一个名称。在文学领域，那种最终趋于老朽的情况更为明显。梅纳尔对我说过，《吉诃德》最早是一部讨人喜欢的书，现在却成了表现爱国主义、语法权威和出版豪华版的口实。光荣是不能理解的东西，也许是最坏的东西。

这些虚无主义的验证并无新意，奇特的是皮埃尔·梅纳尔由此引出的决定。他决定抢在人类的所有艰辛化为乌有之

1　William James（1842—1910），美国心理学家、哲学家，实用主义创始人之一，著名小说家亨利·詹姆斯的哥哥。

前，着手进行一项极其复杂、事先就知道是无足轻重的工作。他殚精竭虑、焚膏继晷地用一种外语复制一部早已有之的书。草稿的数量越来越多；他顽强地修订，撕毁了成千上万张手稿。[1] 他不让任何人看到他的手稿，不让它们保存下来。我曾想查找，但是白费心机。

我曾想，在《吉诃德》的"最后稿"上理应看到涂改重写的字迹，应该看到我们的朋友的"未定稿"的痕迹——不管怎么模糊，至少能够辨认。遗憾的是，只有第二个皮埃尔·梅纳尔把第一个的工作彻底颠倒过来才能发掘出那些特洛伊的遗迹……

"思考、分析、发明（他给我的信中又说）不是违反常规的行为，而是智力的正常呼吸。颂扬那些功能的偶然成就，珍惜古人和他人的思想，以出乎意料的惊讶记录那位'万能博士'的想法，就是承认我们的无力和不开化。所有的人都应能进行各种各样的思考，我认为将来一定会做到。"

---

1 我记得他的有方格的笔记本、黑笔的涂改、特殊的排版符号和蝇头小字。傍晚时分，他喜欢到尼姆郊外散步；往往带着他的笔记本，把它付之一炬。——原注

梅纳尔（也许在无意之中）通过一种新的技巧——故意搞乱时代和作品归属的技巧——丰富了认真读书的基本艺术。这种无限运用的技巧要求我们翻阅《奥德赛》时，把它看成是后于《伊利亚特》的作品，[1] 翻阅亨利·巴舍利耶夫人的《半人马怪花园》一书时，把它看成是亨利·巴舍利耶夫人写的。这种技巧使得最平静的书籍充满惊奇。把《基督的模仿》[2] 说成是路易－费迪南·塞利纳或者詹姆斯·乔伊斯的作品，岂不是那些微不足道的精神儆戒的充分更新吗？

一九三九年，尼姆

---

1 《奥德赛》和《伊利亚特》并称为古希腊两大史诗，相传为荷马所作。《奥德赛》以《伊利亚特》的故事为线索，写作时间应在《伊利亚特》之后。
2 神学经典著作，原著为拉丁文，于 1417 至 1421 年间写成，据传作者是德国教士肯皮斯的圣托马斯（Thomas a Kempis, 1380—1471）。

环 形 废 墟

假如他不再梦到你……

《镜中世界》[1]，VI

在那伸手不见五指的夜晚，谁也没有看到他上岸，谁也没有看到那条竹扎的小划子沉入神圣的沼泽。但是几天后，谁都知道这个沉默寡言的人来自南方，他的家乡是河上游无数村落中的一个，坐落在山那边的蛮荒里，那里的古波斯语还未受到希腊语的影响，麻风病也不常见。可以肯定的是，这个灰不溜丢的人吻了淤泥，爬上陡岸，顾不得避开那些把他划得遍体鳞伤的、边缘锋利的茅草，头昏眼花、浑身血污地爬到中央有个石虎或者石马的环形场所。这个以前是赭红

41

色、现在成了灰色的场所是被焚毁的庙宇的遗迹，遭到瘴雨蛮烟的欺凌，里面的神祇不再得到人们的供奉。外乡人躺在墩座下面。升到头顶的太阳把他晒醒了。他并不惊异地发现伤口已经停止流血；他闭上苍白的眼睑睡觉，不是由于疲惫，而是出于意志决定，他知道那座庙宇是他不可战胜的意志向往的场所；他知道河下游也有一座合适的庙宇，焚毁后已经废弃，但那些不断扩张的树木未能把它埋没；他知道紧接着的任务是睡觉做梦。午夜时分，他被凄厉的鸟叫声吵醒。地上零乱的光脚板印、一些无花果和一个水罐，说明当地人已经偷偷来看过，但不敢惊动他，他们祈求他庇护，或者怕他的魔法。他感到一阵寒栗，在断垣残壁中间找到一个墓穴藏身，盖了一些不知名的树叶。

引导他到这里来的目的虽然异乎寻常，但并非不能实现。他要梦见一个人：要毫发不爽地梦见那人，使之成为现实。这个魔幻般的想法占领了他的全部心灵；如果有谁问他叫什么名字，以前有什么经历，他可能茫然不知所对。倾圮

---

1 英国作家刘易斯·卡罗尔 (Lewis Carroll, 1832—1898) 继《爱丽丝漫游奇境记》之后写的另一部童话小说。

荒废的庙宇符合他的要求,因为那是有形世界的最小部分;附近有打柴人也是一个条件,因为那些人负责满足他俭朴的生活需要。他们供奉的稻谷和水果足以维持他专门睡觉做梦的肉体。

那些梦境起初是一片混乱;不久后,有点辩证的味道了。外乡人梦见自己在一个环形阶梯剧场中央,剧场和焚毁的庙宇有相似之处;阶梯上黑压压地坐满了不声不响的学生;学生们的脸离现在有几个世纪,高高挂在云端,但仍清晰可辨。他给他们讲授解剖学、宇宙结构学、魔法。一张张的脸专心致志地听课,努力作出得体的回答,似乎都知道考试的重要性,考试及格就能让他们摆脱虚有其表的状况,跻身真实的世界。那人无论在梦中或在清醒时都在思考那些幻影的答题,不放过一个企图蒙混过关的学生,同时从某些困惑中发现可以造就之材。他在寻找值得参与宇宙的灵魂。

过了九夜或者十夜之后,他有点伤心地发现,对那些被动地接受他学说的学生不能寄予厚望;那些偶尔提出一个大胆而合理的相反见解的学生倒是孺子可教。前者虽然可爱,值得关心,却成不了有个性的人;后者比他们略胜一筹。一天下午（现在下午也用来做梦了，除了一早清醒一两个小时以外，他整天睡觉），他让那幻想的庞大学院永久停课，只留一名学生。那孩子沉默，忧郁，有时不听话，瘦削的脸庞同他的老师相似。同学们的突然解散并没有使他长久地仓皇失措；经过几次单独授课后，他的进步使老师大为惊奇。然而，灾难来了。一天，那人仿佛从黏糊糊的沙漠里醒来，发现朦胧的暮色突然和晨曦没有什么区别，他明白自己不在做梦。那天晚上和第二天白天，难以忍受的清醒把他搞得走投无路。他想到丛林里去踏勘一下，让自己疲惫不堪；可是在毒芹丛中，他只做了几个短暂而模糊的梦，得到一些稍纵即逝的、支离破碎的印象，毫无用处。他想重新召集学生，刚说了几句规劝的话，学院就变了形，消失了。在那几乎无休无止的清醒中，他气得老泪纵横。

他明白，即使识破了高低层次的所有谜团，要把纷繁无序的梦境材料塑造成形，仍是一个人所能从事的最艰巨的工作：比用沙子编绳或者用无形的风铸钱艰难得多。他明白，开始的失败是难免的。他发誓要忘掉一开始就误导他的巨大错觉，而去寻找另一种工作方法。实施那方法之前，他花了一个月的时间来恢复由于谵妄而浪费的体力。他事先根本不去考虑做梦的问题，每天几乎能有一段合理的睡眠时间。在此期间，他难得做梦，即使做了，也不注意梦中的情景。他要等到月亮最圆的时候再恢复工作。与此同时，他下午在河里沐浴净身，膜拜星宿神祇，用标准发音念出一个强有力的名字，然后入睡。他几乎马上梦见了一颗跳动的心脏。

他梦见一个幽暗的还没有脸和性别的人体里有一颗活跃、热烈、隐秘的心脏，大小和拳头差不多，石榴红色；在十四个月明之夜，他无限深情地梦见它。每晚，他以更大的把握觉察它。他不去触摸：只限于证实，观察，或用眼光去纠正它。他从各种距离、各种角度去觉察、经历。第十四夜，他用食指轻轻触摸肺动脉，然后由表及里地触摸整个心脏。检查结果让他感到满意。有一夜，他故意不做梦：然后再捡起那颗心脏，呼唤一颗行星的名字，开始揣摩另一个主要器官的形状。不出一年，他到达了骨骼和眼睑。不计其数的毛发或许是最困难的工作。他在梦中模拟了一个完整的人，一个少年，但是这少年站不起来，不能说话，也不能睁开眼睛。夜复一夜，他梦见少年在睡觉。

根据诺斯替教派的宇宙起源学说，造物主塑造了一个红色的、站不起来的亚当；魔法师花了那么多夜晚塑造出来的梦中的亚当，同那个泥土捏的亚当一样笨拙、粗糙、原始。一天下午，那人一怒之下几乎毁了整个工程，但随即又后悔了。（其实毁了更好。）他求遍了地上和河里的神灵，便匍匐在那个也许是虎也许是马的塑像脚下，祈求毫无把握的帮助。那天黄昏，他梦见了塑像，梦见它有了生气，在颤动：不是虎和马的、难以形容的杂种，而兼有那两种动物的性质，同时又是一头公牛、一朵玫瑰、一场暴风雨。那个多重性的神祇告诉他，它在尘世的名字是"火"，曾在那座环形的庙宇（以及别的相似的庙宇）里接受人们的供奉和膜拜，它使他梦见的幻影奇妙地有了生气，以至于所有的生物，除了"火"本身和那做梦的人之外，都认为它是有血有肉的人。它命令他一旦教了那人种种仪式之后，就把他派往河下游有金字塔遗迹的倾圮的庙宇，让人顶礼膜拜。在那做梦的人的梦中，被梦见的人醒了。

　　魔法师执行了命令。他花了一段时间（结果有两年之久）向那少年披露宇宙的奥秘和拜火的仪式。他打心底里不愿和少年分手。他借口教学方面的需要，每天延长用于做梦的时间。同时他重新塑造了那个或许还有缺陷的少年。有时他不安地感到那一切已经发生……总的说来，他的日子过得很幸福；他一闭上眼睛就想：现在我要和我的儿子在一起了。偶尔也想：我创造的儿子在等我，我如不去，他就活不成。

他使那少年逐渐熟悉现实。有一次，他命令少年把一面旗子插到远处山顶上。第二天，旗子果然在山顶飘扬起来。他做了其他类似的实验，一次比一次更为大胆。他有点伤心地感到，他的儿子快要诞生了——也许等不及了。那晚，他第一次吻了少年，派他穿过荆棘丛生的森林和沼泽到河下游另一座荒废的庙宇去。此前（为了永远不让他知道他是个幻影，而让他以为自己是同别人一模一样的人），他让少年彻底忘掉这些年的学习。

他的胜利和宁静充满了腻烦。每天晨昏，他跪在那座石像前面，也许在想象中看到他那不现实的儿子，在河下游别的环形废墟里举行同样的仪式；夜里他不做梦了，即使做梦，也像普通人那样。他隐约感到宇宙的声息和形状：那个不在眼前的儿子从他逐渐衰退的灵魂汲取营养。他生活的目的已经实现，一直处于某种狂喜之中。过了一段时期（某些叙说故事的人计算这段时期时以年为单位，另一些人则以五年为单位），两个划船的人半夜里叫醒了他：他看不清他们的脸，但听到他们说，北方一个庙宇里有个会魔法的人，踩在火上不会被火烧伤。魔法师突然想起神祇的话，他想起世上万物唯有火知道他的儿子是个幻影。这件事起初给了他安慰，后来却让他烦恼不已。他担心儿子想到那个异乎寻常的特点，发现自己只是一个幻影。不是人，而是另一个人的梦的投影，那该有多么沮丧，多么困惑！身为人父的人都关心他们在迷惘或者幸福时刻生育的子女；魔法师花了一千零一个秘密的夜晚，零零星星揣摩出来的那个儿子的前途，当然使他牵肠挂肚。

他思索的结局来得十分突然，但并不是没有先兆可循。首先（经过长期干旱之后），一片云彩像鸟一般轻灵地飘到远处小山顶上；接着，南方的天空成了豹子牙床似的粉红色；然后，烟雾在夜间锈蚀了金属；最后，禽兽惊恐地四散奔逃。几百年前发生过的事情又重演了。火神庙宇的废墟再次遭到火焚。在一个飞鸟绝迹的黎明，魔法师看到大火朝断垣残壁中央卷去。刹那间，他想跳进水里躲避，随即又想到死亡是来结束他的晚年，替他解脱辛劳的。他朝火焰走去。火焰没有吞噬他的皮肉，而是不烫不灼地抚慰他，淹没了他。他宽慰地、惭愧地、害怕地知道他自己也是一个幻影，另一个人梦中的幻影。

巴比伦彩票

正如所有的巴比伦人一样，我当过总督；正如所有的人一样，我当过奴隶；我有过至高无上的权力，也受过屈辱，蹲过监狱。瞧：我右手的食指已被剁掉。瞧：从我袍子的裂口可以看到一个橙黄色的刺花：那是第二个符号贝思。在月圆的夜晚，这个字母赋予我支配那些刺有吉梅尔记号的人，但是我得听从有阿莱夫记号的人，而他们在没有月亮的夜晚则听从有吉梅尔记号的人支配。[1]拂晓的时候，我在地窖的一块黑色岩石前面扼杀圣牛。有一个太阴年，我被宣布为无形：我大声呼喊，却无人理睬，我偷面包，却不被抓住砍头。我经历过希腊人所不了解的事情：忧惧。那是一间青铜的秘屋，面对默不作声的披着头巾的绞刑刽子手，希望始终陪伴着我，不过在欢乐的长河中也有惊慌。赫拉克利德斯·本都库斯[2]赞叹不已地说毕达哥拉斯[3]记得他前生是皮洛斯[4]，是欧福尔波[5]，再前生是另一个人；我回忆相似的沧桑变幻时却不需要投生轮回，甚至不需要假冒欺骗。

我的异乎寻常的多样性要归功于一种制度：彩票，那是别的共和国所不知道的，或者不够完善、不公开的。我没有调查过彩票的历史；我知道巫师们在这件事上未能取得一致；我从彩票强有力的意向中得知一个不懂占星学的人观察月亮时领悟的东西。我的国家纷纭复杂，令人眼花缭乱，彩票是那里的现实的重要组成部分：直到今天，我很少考虑彩票的问题，正如很少考虑神道莫测高深的行为和我自己变幻不定的心思一样。如今，我远离巴比伦和它

1　阿莱夫（א）、贝思（ב）和吉梅尔（ג），依次为希伯来文前三个字母。
2　Heraclides Ponticus（约前390—前310），希腊哲学家、天文学家，柏拉图的学生。
3　Pythagoras（约前580—前500），希腊哲学家、数学家，主张灵魂转世，传说他能回忆自己几世前生。在数学方面，他主张数字是宇宙的起源，传说他发明了勾股定理。
4　Pyrrhus，希腊神话中阿喀琉斯之子，由于他在特洛伊战争后期才赶到，又名涅俄普托勒摩斯（Neoptolemus，即新战士）。
5　Euforbo，希腊神话中的人物，特洛伊战争的参加者。

亲爱的风俗，颇为惊异地想到了彩票和熬夜的人亵渎神明的喃喃猜测。

我父亲说，从前——几世纪还是几年以前？——巴比伦的彩票是带有平民性质的赌博。他说（我不知道是否真实），理发师发售彩票，收的是铜币，给的是绘有符号的长方形骨片或羊皮纸。大白天抽签开彩：中彩的人凭票领取银币。显而易见，手续非常简单。

很自然，那种"彩票"失败了。它毫无精神特点。除了针对人的希望之外，不考虑人的聪明才智。面对反应冷淡的公众，创办那种彩票的商人开始亏损。有人试行改革：在中彩的号码中插进少数几个背时的号码。这么一改，买彩票的人有了双重冒险，要不就是赢一笔钱，要不就是付一笔数额可能很大的罚款。每三十个好运的号码搭配一个倒霉的号码，这个小小的风险自然引起了公众的兴趣。巴比伦人纷纷参加。不参加的人被认为怯懦、低人一头。后来这种不无道理的蔑视变本加厉。不玩彩票的人固然遭到白眼，买了彩票被处以罚款的输家也被人瞧不起。彩票公司的名气响了，开始为赢家的利益操心，因为如果罚款不能基本收齐的话，赢家就领不到彩金。公司向输家提出诉讼：法官判他们缴付罚款和诉讼费用，或者折成监禁天数。为了让公司落空，被告都选择监禁。由于少数人的倔强，公司有了教会和玄学的性质，获得了至高无上的权力。

不久之后，抽签的公告发表罚款额时只说每个倒霉号码的监禁天数。这一简化当时并没有引起注意，它具有极大的重要性。那是彩票行业中第一次出现非金钱因素。效果好得空前。在赌徒们一再要求下，公司不得不增加倒霉号码的数量。

谁都知道巴比伦人热衷于逻辑甚至对称。吉利的号码用叮当响的钱币支付，不吉利的号码用监狱里的日日夜夜折合，这种现象不合情理。某些道德家认为拥有钱币不一定表示幸福，另一些幸运的形式也许更为直接。

贫民区里动荡不安。教士团的成员成倍地增加赌注，尽情享受恐惧与希望的变迁；贫民们（带着不可避免的、可以理解的妒忌）觉得自己被排斥在这种特别惬意的转化之外。所有的人不分贫富都应有参加买彩票的平等权利，这一正当的愿望激发了愤怒的骚动，声势之大，多年之后记忆犹新。一些顽固的人不理解（或者假装不理解）这是一种新秩序，一个必然的历史阶段……有个奴隶偷了一张粉红色的彩票，抽签结果是持票人应受烙舌之刑。法典规定偷盗票据的人恰巧也应受这种刑罚。一些巴比伦人推断说，作为小偷，烧红的烙铁是罪有应得的处罚；另一些人比较宽容，主张以烙舌之刑还治刽子手其身，因为这是天意……发生了动乱和可悲的流血事件；但是尽管富人反对，巴比伦老百姓的目的终于实现。人民的慷慨要求得到充分满足。首先，公司被迫承认公众权利。（考虑到彩票发行新办法的广泛性和复杂性，由公司统一经营还是必要的。）其次，彩票改为秘密、免费、普遍发行。取消收费出售办法。自由人已经了解比勒[1]的秘密，自动参加神圣的抽签仪式，抽签仪式每隔六十夜在神的迷宫里举行，决定人在下一次抽签之前的命运。后果是无法估计的。抽到吉签能擢升到巫师会议，或者把公开的或隐秘的仇人投入监狱，或者在幽暗安静的房间里发现一个使我们动心的或没有料到再能看见的女人；抽到凶签要遭到肢体伤残、身败名裂、死亡。有时候三四十个签中只有一个绝妙的结局——

---

1 Bel，本意为“主”，美索不达米亚宗教的主神，巴比伦诸神之一。

某丙在酒店里遭到杀害，某乙神秘地被奉为神明。作弊是很困难的，但是要记住公司里的那些家伙过去和现在都是狡猾和无所不能的。在多数情况下，知道某些幸福只是偶然的机遇会减少幸福的魅力；公司的代理人为了避免这种弊端，便利用暗示和巫术。他们的步骤和手法是秘而不宣的。他们雇用了占星术士和间谍去调查每个人内心的希望和恐惧。有几个石狮子，一个叫作加夫加的圣洁的厕所，一座灰蒙蒙的石砌引水渡槽有几道罅隙，一般人认为是公司专用的；恶意的或者好心的人把告密的材料放在那些地点。按字母编排的档案收集了这些可靠程度不一的信息。

难以置信的是，背后议论不少。公司处事一贯谨慎，并不正面回答。它在一座废弃的制造假面具的工厂涂抹了一段简洁的文字，如今已收入《圣经》。这段说教指出彩票是世界秩序中插进的一种偶然性，承认错误并不是驳斥偶然性，而是对它的确证。还指出，那些石狮子和圣洁的容器虽然未被公司否认（公司不放弃参考的权利），它们的作用是没有正式保证的。

这个声明平息了公众的不安。但也引起了始料不及的效应。它深刻地改变了公司的精神和活动。我所剩时间不多了，已通知我们船快起航，我尽可能解释一下。

虽然听来难以置信，到当时为止谁都没有探讨过赌博的一般理论。巴比伦人生性不爱投机。他们尊重偶然性的决定，捧出自己的生命、希望和惊恐，但从未想到要调查其扑朔迷离的规律和揭露规律的旋转星体。然而我提到的那份冠冕堂皇的声明引起了许多带有法学和数学性质的讨论。其中之一产生了如下的假设：既然彩票是偶然性的强化，在宇宙中引起定期的混乱，那么让偶然性参与抽签的全过程，而不限于某一阶段，岂非更好？既然偶然性能决定某人的死亡，而死亡的条件——秘密或公开，期限是一个小时或一个世纪——又不由偶然性决定，岂非荒谬可笑？这些合情合理的疑窦最终导致了重大的改革，几世纪的实施增加了它的复杂性，只有专家能理解，不过我试着归纳几点，哪怕是象征性的。

我们设想首次抽签决定一个人的死刑。第二次抽签决定死刑的执行，比如说，提出九名可能的执行者。九名执行者中间，四名进行第三次抽签，决定刽子手是谁，两名可以用吉利的指令（比如说，发现一处藏锱）替换不祥的指令，另一名可以加强死刑的程度（也就是说，凌迟处死或者焚尸扬灰），其余的可以拒绝执行……这是一个象征性的轮廓。事实上抽签的次数是无限大的。任何决定都不是最终的，从决定中还可以衍化出别的决定。无知的人以为无限的抽签需要无限的时间；其实不然，只要时间无限地细分就行，正如著名的乌龟比赛的寓言所说的那样。这种无限的概念十分符合偶然性的错综复杂的数字和纯理论派酷爱的彩票完美典型……我们巴比伦人的惯例似乎在台伯河引起扭曲的回响；埃勒·兰普里迪奥在他写的《安东尼努斯·赫利奥加巴卢斯[1]传》中指出，这位皇帝赐宴时向宾客分发写有凶吉祸福的贝壳，有的人可以领到十磅黄金、十只苍蝇、十个睡鼠，或者十头熊。人们不由得会想起赫利奥加巴卢斯是由小亚细亚信奉图腾神道的巫师教养的。

也有不针对具体人的、目的不明确的签文：比如说把一块锡兰岛的蓝宝石扔进幼发拉底河，在塔顶放飞一只鸟，每一百年在沙粒无数的海滩上取走（或加上）一粒沙等等。有

1　Marcus Aurelius Antoninus Augustus（约 203—222），又称埃拉加巴卢斯（Elagabalus）或赫利奥加巴卢斯（Heliogabalus），罗马帝国塞维鲁王朝皇帝，218—222 年在位，以骄奢淫逸残忍著称。

时候，这类签的后果十分可怕。

在公司恩赐的影响下，我们的习俗充满了偶然性。顾客买十二坛大马士革葡萄酒，如果发现其中一坛装的是一个护身符或一条蝰蛇，并不感到意外；拟定契约的抄写员几乎没有一次不塞进一个错误的数据；我本人在这篇草草写成的东西里也作了一些夸张歪曲。或许还有一些故弄玄虚的单调……我们巴比伦的历史学家是全世界最明察秋毫的，他们发明了一种纠正偶然性的办法，众所周知，这种办法的运用一般说来是可靠的，但自然也免不了掺进一点欺骗。此外，虚构成分最大的莫如公司的历史了……从寺庙遗迹发掘出来的一份用古文字写的文件可能是昨天，也可能是几百年前一次抽签的记载。每一版书籍，本与本之间都有出入。抄写员宣誓必须删节、增添、篡改，也采用含沙射影的手法。

彩票公司谨小慎微，避免一切招摇。它的代理人自然都是秘密的，公司源源不断发出的指令同骗子层出不穷的花招没有区别。再说，有谁能自诩为单纯的骗子呢？醉汉心血来潮发出荒唐的命令，做梦的人突然醒来掐死了睡在他身旁的老婆，他们岂非是执行公司的秘密指示？这种默默无声的运转可同上帝的旨意相比，引起各种各样的猜测。有一种猜测恶毒地暗示说公司已经消失了几百年，我们生活中的神圣的混乱纯属遗传和传统；另一种猜测认为公司是永恒的，声称它将持续到最后一位上帝消灭世界之前的最后一个夜晚。还有一种猜测说公司无所不能，但干预一些微不足道的小事：鸟鸣、铁锈和灰尘的颜色、破晓时的迷糊等等。再有一种猜测借异端创始人之口说公司以前没有，以后也不会有。还有一种同样恶劣的说法认为肯定或否认那个诡秘的公司的存在无关紧要，因为巴比伦无非是一场无限的赌博。

赫伯特·奎因作品分析

　　赫伯特·奎因在爱尔兰的罗斯科门去世；《泰晤士报》文学副刊仅用半栏篇幅追记他的生平，其中赞扬之词都经过矫正（或者仔细斟酌），我看了不免有点惊讶。相关的一期《旁观者报》刊登的死者传略不那么简略，措辞或许也比较真诚，但是把奎因的第一本书——《迷宫中的上帝》——同阿加莎·克里斯蒂[1]夫人的一部作品相比，把他别的书同格特鲁德·斯泰因[2]的作品相提并论：谁都不会认为那种比较是必不可少的，死者地下有知也不见得高兴。再说，奎因从不认为自己才华横溢；即使在大谈文学的夜晚，这位经常被报刊炒作的人物也总是开玩笑地把自己比作泰斯特先生或者塞缪尔·约翰逊博士……他清醒地看到自己作品的实验性质：在新颖和质朴真诚方面可能有可取之处，但决不是满怀激情的。一九三九年三月六日，他从朗福德给我的信中说，"我好像是考利[3]的颂歌，我不属于艺术，只属于艺术史。"在他看来，没有哪门学问比历史更差劲了。

我一再提到赫伯特·奎因的谦逊，那种谦逊当然不会削弱他的思想。在福楼拜和亨利·詹姆斯的影响下，我们习惯于认为艺术作品并不多见，创作过程十分艰辛；十六世纪（我们不妨回忆一下塞万提斯的《帕尔纳索斯游记》和莎士比亚的命运）却不赞同这种让人伤心的意见。赫伯特·奎因也不赞同。他认为好的文学作品俯拾即是，街头闲谈也是文章。他还认为美的事物不能没有惊奇的因素，从回忆中得到惊奇则很困难。他苦笑着对"毫无主见地抱住过去的书不放"的现象表示惋惜……我不清楚他那含糊的理论是否有理，但我知道他写的书过分追求惊奇。

---

1 Agatha Christie（1890—1976），英国畅销侦探小说作家，她塑造的比利时侦探波洛的知名度仅次于福尔摩斯。

2 Gertrude Stein（1874—1946），美国诗人、小说家，侨居巴黎时和毕加索、马蒂斯等艺术家过从甚密。

3 Abraham Cowley（1618—1667），英国诗人、小品文作家，著有《品达体颂歌》。

我把他的第一本书不可逆转地借给了一位夫人，深感遗憾。我说过，那是一本侦探小说：《迷宫中的上帝》；值得庆幸的是出版社在一九三三年十一月底开始发售该书。十二月初，《连体孪生兄弟的奥秘》在伦敦和纽约问世，书中异同转化的故事虽然有趣，但读来十分吃力；我把我们朋友的小说的失败归咎于出版时间上的巧合。同时，（恕我直言）写作方面也有缺陷，对海洋的描写言之无物，故弄玄虚。事隔七年，故事的细节我已经无法回忆了；凭残剩的（经过净化的）印象，记得大概是这样的：开始是一件毫无头绪的谋杀案，中间是拖泥带水的讨论，最后水落石出。破案后，有一大段倒叙，其中有这么一句话：所有的人都相信两位棋手的相逢纯属偶然。弦外之音是答案错了。读者心里不踏实，重新查看有关章节，发现了另一个真正的答案。这本奇书的读者的眼光比侦探锐利。

更邪门的是那本名为《四月三月》的"逆行枝蔓"的小说，它的第三部分（也是唯一的部分）在一九三六年出版。评判小说时，谁都发现那是一场游戏，作者本人也没有把它当成别的东西。我听他说过："我在那部作品里调动了所有游戏的基本特点：对称、随心所欲、厌倦。"连书名也有文字游戏的痕迹：它不作"四月的行进"解，而确确实实是"四月三月"。[1]有人在字里行间察觉到邓恩[2]的博学的回声；奎因本人的前言却把它联系到布拉德利[3]颠倒的世界，在那里，先有死后有生，先有疤后有伤，先有伤后有打击（《现象和实在》，一八九七年，第二百一十五页）。[4]《四月三月》里的世界不是倒退的，倒退的只是叙事的方式。正如我上面说过的，逆行枝蔓。全书共十六章。第一章讲的是几个互不认识的人在人行道上含糊不清的交谈。第二章讲的是第一章前夕的事情。第三章也是逆行的，讲的是第一章另一个可能的前夕的事情；

1　原文是英语 April March。在英语中，March 作"三月"和"行进"解。

2　Finley Peter Dunne（1867—1936），美国幽默作家、新闻记者，他创造的人物杜利是爱尔兰裔美国人，机智风趣，各种问题都应付裕如，百问不倒。

3　Francis Herbert Bradley（1846—1924），英国唯心主义哲学家，他认为自然界只是表象，是"绝对"的体现，著有《现象和实在》等。

4　赫伯特·奎因的博学真了不起！1897 年一本书里的第 215 页真了不起！柏拉图《政治篇》里的对话者描写过相似的倒退：大地之子或者原居民受到宇宙倒转的影响，从老年退到成年，从成年退到童年，从童年退到无影无踪。古希腊演说家特奥庞波在《斥菲利浦》里也谈到北方有种果实，吃了便会产生同样的倒退过程……更有趣的是有关时间倒转的设想：我们能回忆将来，却不知道或者几乎不能预感过去。参看但丁《神曲·地狱篇》第 97 至 102 行对预见和老视所作的比较。——原注

第四章再讲另一个前夕。三个前夕中的每一个（它们严格地相互排斥）分为另外三个前夕，性质迥然不同。于是全书包含九部小说，每一部小说包含三章。（不言而喻，第一章统辖九部。）那些小说中间，有象征主义，有超现实主义，有侦探小说，有心理小说，有共产主义，有反共产主义，等等。用一个图解或许有助于了解它的结构：

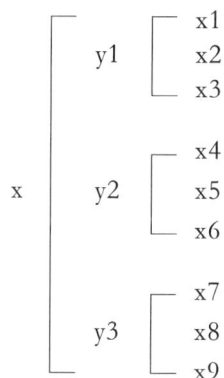

```
        ┌───┌─ x1
        │ y1├─ x2
        │   └─ x3
        │
        │   ┌─ x4
   x ───┤ y2├─ x5
        │   └─ x6
        │
        │   ┌─ x7
        │ y3├─ x8
        └───└─ x9
```

这个结构不禁让人想起叔本华的有关康德十二范畴的评论：为了求得对称，不惜牺牲一切。可以预见，九个故事中间，有的和奎因的才华并不相称；最好的一个不是他最初构思的x4；而是属于幻想类型的x9。另外一些则由于索然无味的玩笑，或者毫无价值的貌似严谨而逊色不少。如果按时间前后次序来读（例如：x3，y1，z），这本奇书的特色就丧失殆尽。x7 和 x8 两个故事分开来看意义不大，合在一起才有价值……我不知道是否应该补充一句，《四月三月》出版后，奎因后悔不该用三元次序，他预言说仿效他的人会用二元次序

$$
x
\begin{cases}
y1 \begin{cases} x1 \\ x2 \end{cases} \\
\\
y2 \begin{cases} x3 \\ x4 \end{cases}
\end{cases}
$$

而造物主和神道则喜欢无限数：无限的故事，无限的枝蔓。

　　两幕英雄喜剧《秘密的镜子》有很大区别，但也是追溯过去的。在上面已经介绍过的几部作品里，复杂的形式限制了作者的想象力；在这部喜剧里，想象力得以自由展开。第一幕（比较长）的场景设在拥有印度皇帝勋位的思罗尔将军的梅尔顿莫布雷附近的乡间别墅。无形的中心人物是将军的大女儿，乌尔里卡小姐。我们通过某些对话隐隐约约看到她飒爽高傲的模样，觉得她同文学无缘；报刊宣称她和拉特兰公爵订了婚，随即又辟谣。一位名叫威尔弗雷德·奎勒斯的

剧作家爱慕她，她曾漫不经心地吻过他。剧中人物都来自富家豪族；人物感情尽管强烈冲动，但很崇高；对话仿佛介于布尔沃–利顿[1]的夸夸其谈和王尔德或菲利普·格达拉的冷嘲热讽之间。剧中有夜莺和夜晚，有在屋顶平台上的秘密决斗。（有一些奇特的矛盾，有一些淫秽的细节，几乎难以察觉。）第一幕的人物在第二幕重新出现——但已更姓改名。"剧作家"威尔弗雷德·奎勒斯成了利物浦的一个代理商，真实姓名是约翰·威廉·奎格利。思罗尔小姐还在；奎格利从未见过她，但痴情地收集《闲谈者》和《随笔》杂志上的她的相片。第一幕的作者是奎格利。那座难以置信的或者不大可能的"乡间别墅"成了他栖身的犹太人和爱尔兰人的寄宿所，被他改变了模样……两幕的情节平行展开，但是第二幕的情况有点可怕，不是推迟便是落空。《秘密的镜子》首演后，评论家提到了弗洛伊德和朱利安·格林[2]的名字。我觉得提起前者毫无道理。

---

1 Edward Bulwer-Lytton（1803—1873），英国小说家，著有历史小说《庞贝城的末日》。
2 Julien Green（1900—1998），美国法语小说家。

人们纷纷传说《秘密的镜子》是一部弗洛伊德式的喜剧，那种宽容（和误导的）解释决定了剧本的成功。不幸的是，奎因已到了不惑之年；他已经习惯于失意，对于目前的时来运转并不欣慰。他决定报复。一九三九年年底出版的《陈述》，也许是他最独特的、得到赞扬最少的并且最善于掩饰真实感情的作品。奎因常说，作为人群的读者已经消失了。他认为，"欧洲人个个都是作家，无论是潜在的或者现行的。"他还断言，在文学所能提供的种种幸福感中间，最高级的是创新。由于不是人人都能得到这种幸福感，许多人只能满足于模仿。那种"有欠缺的"作家数目很多，奎因为他们撰写了《陈述》里的八篇故事。每篇似乎都有一个精彩的情节，但被作者故意糟蹋了。其中一篇——不是最好的——暗示有两个情节。读者被虚荣心搞糊涂了，以为是自己创造的。我从题为《昨日玫瑰》的第三篇汲取灵感，写了《环形废墟》，也就是《小径分岔的花园》集子里的一篇故事。

一九四一年

通天塔图书馆

用这种技巧可以悟出二十三个字母的变异……

《忧郁的剖析》[1]，第二部第二节第四段

宇宙（别人管它叫图书馆）由许多六角形的回廊组成，数目不能确定，也许是无限的，中间有巨大的通风井，回廊的护栏很矮。从任何一个六角形都可以看到上层和下层，没有尽头。回廊的格局一成不变。除了两个边之外，六角形的四边各有五个长书架，一共二十个，书架的高度和层高相等，稍稍高出一般图书馆员的身长。没有放书架的一边是一个小门厅，通向另一个一模一样的六角形。门厅左右有两个小间。一个供人站着睡觉，另一供人大小便。边上的螺旋形楼梯上

穷碧落，下通无底深渊。门厅里有一面镜子，忠实地复制表象。人们往往根据那面镜子推测图书馆并不是无限的（果真如此的话，虚幻的复制又有什么意义呢？）；我却幻想，那些磨光的表面是无限的表示和承诺……光线来自几个名叫灯盏的球形果实。每一个六角形回廊里横向安了两盏。发出的光线很暗，但不间断。

我像图书馆里所有的人一样，年轻时也浪迹四方，寻找一本书，也许是目录的总目录；如今我视力衰退，连自己写的字几乎都看不清了，我准备在离我出生的六角形不远的地方等死。死后自有好心的人把我扔到护栏外面去；我的坟墓将是深不可测的空气；我的尸体将久久地掉下去，在那无限坠落造成的气流中分解消失。我说图书馆是无休无止的。唯心主义者声称六角形的大厅是绝对空间，或者至少是我们对空间的直觉所要求的必然形状。他们解释说，三角形或五角形的大厅根本难以想象。（神秘主义者声称，他们心醉神迷的时候看到一个环形的房间，贴墙摆放着一部奇大无比的书，

1　英国教士、散文作家罗伯特·伯顿（Robert Burton, 1577—1640）的著作。

书脊浑然一体；但是他们说得不清楚，他们的证言值得怀疑。那部循环的书是上帝。）现在我只要引用经典论断就能说明问题：图书馆是个球体，它精确的中心是任何六角形，它的圆周是远不可及的。

每个六角形的每一面墙有五个书架；每个书架有三十二册大小一律的书；每本书有四百一十页；每面四十行；每行八十来个黑色的字母。每本书的书脊上也有字母，但字母并不说明书中内容。我知道这种毫无关联的情况有时显得神秘。在概括答案之前（答案的发现虽然具有悲剧意义，也许是故事的关键），我想追叙一些不说自明的道理。

首先，自从开天辟地以来，图书馆就已存在。任何头脑清醒的人都不会怀疑这一事实以及它所引出的必然结论，即世界将来也永远存在。人无完人，图书馆员可能是偶然的产物，也可能是别有用心的造物主的作品；配备着整齐的书架，神秘的书籍，供旅人使用的、没完没了的螺旋楼梯，以及供图书馆员使用的厕所的宇宙，只能是一位神的作品。只要把我颤抖的手写在一本书封面上的笨拙的符号，同书中准确、细致、漆黑和无比对称的字母作个比较，就能看出神人之间的距离有多么大了。

其次，书写符号的数目是二十五[1]。根据这一验证，早在三百年前就形成了图书馆的总的理论，并且顺利地解决了任何猜测所没能解释的问题：几乎所有书都有的不完整和混乱的性质。我父亲在一九五四区的一个六角形里看到的一本从第一行到最后一行全是 MCV 三个字母翻来覆去的重复。另一本（在该区中查阅频率很高）简直是一座字母的迷宫，但是倒数第二页却有一行看得懂的字：噢时间你的金字塔。由此可见，无数荒唐的同音重复、杂乱和不连贯的文字里只有一行看得懂或者直截了当的信息。（我知道一个未开化的地区，那里的图书馆员认为寻找书中意义是迷信而虚妄的做法，同详梦或看手相一样不可取……他们承认发明文字的人模仿了自然界的二十五个符号，但又认为文字的应用纯属偶然，书籍本身毫无意义。我们将在下文看到这种意见并非虚妄。）

长期以来，人们一直认为那些深奥莫测的书用的是古老

1 原稿没有数字或大写字母。标点只限于逗号和句号。这两个符号，加上空格和二十二个字母凑成那个不知名的人所说的二十五个符号。——原注

或偏远地区的文字。最早的人，也就是首批图书馆员，使用的语言和我们现在使用的确实有很大差别；右面几英里远的六角形用的是方言，再高出九十层的六角形用的语言根本听不懂。我重复一遍，这一切确是事实，然而四百一十页一成不变的MCV不可能是什么语言，不管那种语言多么有地方性或者原始。有人暗示说，每个字母可能牵连后面的字母，第七十一页第三行的MCV不可能和另一页另一位置的MCV具有相同的意义，但是这个含糊的论点得不到支持。另有一些人考虑到密码书写；这一猜测得到普遍接受，虽然不符合发明那种文字的人的原意。

五百年前，高层一个六角形的主管人员[1]发现了一本难解程度不下于其他的书，但其中两页几乎完全相同。他请一位巡回译码专家鉴定，专家说书中文字是葡萄牙文；另一些人则说是意第绪文。过了将近一个世纪才确定那种文字：瓜拉尼的萨莫耶特－立陶宛方言，加上古典阿拉伯语的词尾变化。

1　以前每三个六角形有一人负责。自杀和肺病破坏了这一比例。我忘不了一种难以言说的忧郁：有时候，我在光洁的走廊和楼梯里走上好几个夜晚，都碰不到一个图书馆员。——原注

书中内容也破译了：用无限重复变化的例子加以说明的综合分析的概念。一个聪明的图书馆员根据那些例子可以发现图书馆的基本规律。那位思想家指出，所有书籍不论怎么千变万化，都由同样的因素组成，即空格、句号、逗号和二十二个字母。他还引证了所有旅人已经确认的一个事实：在那庞大的图书馆里没有两本书是完全相同的。根据这些不容置疑的前提，他推断说图书馆包罗万象，书架上包括了二十几个书写符号所有可能的组合（数目虽然极大，却不是无限的），或者是所有文字可能表现的一切。一切：将来的详尽历史、大天使们的自传、图书馆的真实目录、千千万万的假目录、展示那些虚假目录的证据、展示真目录是虚假的证据、巴西里德斯[1]的诺斯替教派福音、对福音的评介、对福音评介的评介、你死亡的真相、每本书的各种文字的版本、每本书在所有书中的插入、英国历史学家比德可能撰写（而没有撰写）的有关撒克逊神话的论文、罗马历史学家塔西佗的佚失的书籍。

1　Basilides，约公元 2 世纪诺斯替教亚历山大派创始人，生于叙利亚。

当人们听说图书馆已经收集齐全所有的书籍时，首先得到的是一种奇特的幸福感。人们都觉得自己是一座完整无缺的秘密宝库的主人。任何个人或世界的问题都可以在某个六角形里找到有说服力的答案。宇宙是合理的，宇宙突然有了无穷无尽的希望。那时的一个热门话题是《辩白书》——为宇宙中每个人的所作所为永远进行辩护，并且保存着有关他未来的奇妙奥秘的辩解和预言的书。千千万万贪心的人妄想找到他们的《辩白书》，纷纷离开他们出生的甜蜜的六角形，拥向上面的楼梯。这些人在狭窄的走廊里争先恐后，破口大骂，在神圣的楼梯上挤得透不过气，把那些骗人的书扔向通风井底，被遥远地区的人从高处推下摔死。另一些人发了疯……《辩白书》确实存在（我亲眼见到两本，讲的是未来的、或许并非假想的人），但是寻找者忘了一个人要找到他的《辩白书》或者《辩白书》某一个不可靠的版本的机会几乎等于零。

当时也指望澄清人类的基本奥秘，澄清图书馆和时间的起源。奥秘无疑是可以用语言解释清楚的：假如哲学家的语言不足以解释，那么包罗万象的图书馆里应该找得出所需的一种闻所未闻的语言，以及那种语言的词汇和语法。四百年来，人们找遍了那些六角形……甚至有专职的寻找者，稽查员。我看见他们履行职务的情况：他们总是疲于奔命；谈论某处几乎害他们摔死的没有梯级的楼梯；他们和图书馆员讨论回廊和楼梯；有时候随手拿起一本书翻阅，寻找猥辞恶语。显然，谁都不指望发现什么。

过分的指望自然会带来过分的沮丧。确信某个六角形里的某个书架上藏有珍本书籍，而那些书籍却不可企及的想法，是几乎难以忍受的。一个亵渎神明的教派建议中止寻找，让大家彻底打乱字母和符号，通过一个不太可能的偶然机会建立正宗的书籍。当局不得不严令禁止。那个教派就此销声匿迹，但我小时见到老年人久久地躲在厕所里，把几枚金属小圆片放在严禁的签筒里摇晃，没精打采地仿效神的紊乱。

另一些人反其道而行之，他们认为最根本的是消灭那些无用的作品。他们闯进六角形，出示不全是冒充的证件，不耐烦地翻翻一本书，然后查封所有的书架，千千万万的书籍就这样莫名其妙地在他们移风易俗和禁欲主义的狂暴下遭到浩劫。他们的名字受到诅咒，他们的狂热破坏了"宝库"，可是为之惋惜的人忽视了两个明显的事实。一个是图书馆庞大无比，任何人为的削减相比之下都小得微不足道。另一个是虽然每本书是独一无二的、无法替换的，但是（由于图书馆包罗万象）总有几十万册不完善的摹写本，除了个别字母或逗号外，同原版没有什么差别。我力排众议，认为人们被那些狂热的净化者吓破了胆，夸大了掠夺行为造成的后果。谵妄驱使他们夺取胭脂红六角形里的书籍：那里的书籍开本比一般小一点；图文并茂，具有魔法，无所不能。

我们还听说当时的另一种迷信："书人"。人们猜测某个六角形里的某个书架上肯定有一本书是所有书籍的总和：有一个图书馆员翻阅过，说它简直像神道。这个区域的语言里还保存着崇拜那个古代馆员的痕迹。许多人前去寻找，四处找了一百年，但是毫无结果。怎么才能确定那本藏书所在的受到崇敬的秘密六角形呢？有人提出逆行的办法：为了确定甲书的位置，先查阅说明甲位置的乙书；为了确定乙书的位置，先查阅说明乙位置的丙书，依此无限地倒推上去……我把全部岁月投入了那种风险很大的活动。我觉得宇宙的某个书架上有一本"全书"不是不可能的 [1]，我祈求遭到忽视的神让一个人——即使几千年中只有一个人！——查看到那本书。假如我无缘得到那份荣誉、智慧和幸福，那么让别人得到吧。即使我要下地狱，但愿天国存在。即使我遭到凌辱和消灭，但愿您的庞大的图书馆在一个人身上得到证实，哪怕只有一瞬间。

不敬神的人断言，图书馆里胡言乱语是正常的，而合乎情理的东西（甚至普通单纯的连贯性）几乎是奇迹般的例外。他们在谈论（我知道）"图书馆在发烧，里面的书惶惶不可终日，随时都有变成别的东西的危险，像谵妄的神一样肯定一切、否定一切、混淆一切"。那些不仅揭发而且举例说明了混乱的话，明显地证明了他们低下的品位和不可救药的无知。事实上，图书馆包含了全部语言结构和二十五个书写符号所允许的全部变化，却没有一处绝对的

---

1 我重申：只要一本书可能存在就够了。但是要把不可能排除在外。例如：任何书不可能又是楼梯，尽管确实有一些讨论、否认、证明那种可能的书籍，也有一些结构和楼梯相仿的书籍。——原注

胡言乱语。毋庸指出，我管理的众多六角形里最好的一本书名叫《经过梳理的雷》，另一本叫《石膏的痉挛》，还有一本叫《阿哈哈哈斯－穆洛》。乍看起来，那些主题仿佛毫不连贯，其实却有密码书写或者讽喻的道理；那个道理属于语言范畴，图书馆里假定早已有之。神的图书馆如果没有预见到

dhcmrlchtdj

这些字母，在它的某种秘密语言里如果不含有可怕的意义，我就不可能加以组合。任何一个音节都充满柔情和敬畏；在那些语言里都表示一个神的强有力的名字，不然谁都不可能发出它的读音。开口说话就会犯同义重复的毛病。图书馆无数六角形之一的五个书架上，三十册书中间的一本里面，早就有这个无用的信息和空话——以及对它的驳斥。（不定数量的、可能存在的语言使用同一种词汇；在某些语言里，"图书馆"这个符号承认了"普遍存在的、永久的六角形回廊系列"的正确定义，但是"图书馆"也是"面包"或"金字塔"，或

者任何其他事物，解释词也有别的意义。读者是否确实懂得我的语言呢？）

有条理的文字使我的注意力偏离了人们的现状。确信一切都有文字记录在案，使我们丧失个性或者使我们自以为了不起。我知道有些地区的青年人对书籍顶礼膜拜，使劲吻书页，然而他们连一个字母都不识。流行病、异教争端、不可避免地沦为强盗行径的到处闯荡，大量削减了人口。我相信我前面提到了自杀，如今这种现象更趋频繁。衰老和恐惧也许误导了我，但我认为独一无二的人类行将灭绝，而图书馆却会存在下去：青灯孤照，无限无动，藏有珍本，默默无闻，无用而不败坏。

我刚才写下"无限"那个形容词，并非出于修辞习惯；我要说的是，认为世界无限，并不是不合逻辑的。认为世界有限的人假设走廊、楼梯和六角形在偏远的地方也许会不可思议地中止——这种想法是荒谬可笑的。认为世界无限的人忘了书籍可能的数目是有限的。我不揣冒昧地为这个老问题提出一个答案：图书馆是无限的、周而复始的。假如一个永恒的旅人从任何方向穿过去，几世纪后他将发现同样的书籍会以同样的无序进行重复（重复后便成了有序：宇宙秩序）。

有了那个美妙的希望，我的孤寂得到一些宽慰。[1]

一九四一年，马德普拉塔

1　莱蒂齐亚·阿尔瓦雷斯·德托莱多指出，庞大的图书馆是无用的；严格说来，只要一本书就够了，那本书用普通开本，九磅或十磅铅字印刷，纸张极薄，页数无限多。(17世纪初，卡瓦列里说任何固体是无数平面的重叠。) 丝绢似的薄纸印的袖珍本阅读时不会方便：可见的每一页和别的页面相映，中央的一页没有反面。——原注

小径分岔的花园

献给维多利亚·奥坎波 [1]

利德尔·哈特写的《欧洲战争史》第二百四十二页有段记载，说是十三个英国师（有一千四百门大炮支援）对塞尔一蒙托邦防线的进攻原定于一九一六年七月二十四日发动，后来推迟到二十九日上午。利德尔·哈特上尉解释说延期的原因是滂沱大雨，当然并无出奇之处。青岛大学前英语教师余准博士的证言，经过记录、复述、由本人签名核实，却对这一事件提供了始料不及的说明。证言记录缺了前两页。

……我挂上电话听筒。我随即辨出那个用德语接电话的声音。是理查德·马登的声音。马登在维克多·鲁纳伯格的住处，这意味着我们的全部辛劳付诸东流， 我们的生命也到了尽头——但是这一点是次要的，至少在我看来如此。这就是说，鲁纳伯格已经被捕，或者被杀。[2]在那天日落之前，我也会遭到同样的命运。马登毫不留情。说得更确切一些，他非心狠手辣不可。作为一个听命于英国的爱尔兰人，他有办事不热心甚至叛卖的嫌疑，如今有机会挖出日耳曼帝国的两名间谍，拘捕或者打死他们，他怎么会不抓住这个天赐良机，感激不尽呢？我上楼进了自已的房间，可笑地锁上门，仰面躺在小铁床上。窗外还是惯常的房顶和下午六点钟被云遮掩的太阳。这一天既无预感又无朕兆，成了我大劫难逃的死日，简直难以置信。虽然我父亲已经去世，虽然我小时候在海丰一个对称的花园里待过，难道我现在也得死去？随后我想，所有的事情不早不晚偏偏在目前都落到我头上了。多少年来

1　Victoria Ocampo（1890—1979），阿根廷散文作家、文学评论家。曾编辑《南方》杂志，著有《证言》、《弗吉尼亚·吴尔夫论》等。

2　荒诞透顶的假设。普鲁士间谍汉斯·拉本纳斯，化名维克多·鲁纳伯格，用自动手枪袭击持证前来逮捕他的理查德·马登上尉。后者出于自卫，击伤鲁纳伯格，导致了他的死亡。——原编者注

平平静静，现在却出了事；天空、陆地和海洋人数千千万万，真出事的时候出在我头上……马登那张叫人难以容忍的马脸在我眼前浮现，驱散了我的胡思乱想。我又恨又怕（我已经骗过了理查德·马登，只等上绞刑架，承认自己害怕也无所谓了），心想那个把事情搞得一团糟、自鸣得意的武夫肯定知道我掌握秘密。准备轰击昂克莱的英国炮队所在地的名字。一只鸟掠过窗外灰色的天空，我在想象中把它化为一架飞机，再把这架飞机化成许多架，在法国的天空精确地投下炸弹，摧毁了炮队。我的嘴巴在被一颗枪弹打烂之前能喊出那个地名，让德国那边听到就好了……我血肉之躯所能发的声音太微弱了。怎么才能让它传到头头的耳朵？那个病恹恹的讨厌的人，只知道鲁纳伯格和我在斯塔福德郡，在柏林闭塞的办公室里望眼欲穿等我们的消息，没完没了地翻阅报纸……

"我得逃跑，"我大声说。我毫无必要地悄悄起来，仿佛马登已经在窥探我。我不由自主地检查一下口袋里的物品，也许仅仅是为了证实自己毫无办法。我找到的都是意料之中的东西。那只美国挂表，镍制表链和那枚四角形的硬币，拴着鲁纳伯格住所钥匙的链子，现在已经没有用处但是能构成证据，一个笔记本，一封我看后决定立即销毁但是没有销毁的信，假护照，一枚五先令的硬币，两个先令和几个便士，一支红蓝铅笔，一块手帕和装有一颗子弹的左轮手枪。我可笑地拿起枪，在手里掂掂，替自己壮胆。我模糊地想，枪声可以传得很远。不出十分钟，我的计划已考虑成熟。电话号码簿给了我一个人的名字，唯有他才能替我把情报传出去：他住在芬顿郊区，不到半小时的火车路程。

我是个怯懦的人。我现在不妨说出来，因为我已经实现了一个谁都不会说是冒险的计划。我知道实施过程很可怕。不，我不是为德国干的。我才不关心一个使我堕落成为间谍的野蛮的国家呢。此外，我认识一个英国人——一个谦逊的人——对我来说并不低于歌德。我同他谈话的时间不到一小时，但是在那一小时中间他就像是歌德……我之所以这么做，是因为我觉得头头瞧不起我这个种族的人——瞧不起在我身上汇集的无数先辈。我要向他证明一个黄种人能够拯救他的军队。此外，我要逃出上尉的掌心。他随时都可能敲我的门，叫我的名字。我悄悄地穿好衣服，对着镜子里的我说了再见，下了楼，打量一下静寂的街道，出去了。火车站离此不远，但我认为还是坐马车妥当。理由是减少被人认出的危险；事实是在阒无一人的街上，我觉得特别显眼，特别不安全。我记得我吩咐马车夫不到车站入口处就停下来。我磨磨蹭蹭下了车，我要去的地点是阿什格罗夫村，但买了一张再过一站下的车票。这趟车马上就开：八点五十分。我得赶紧，下一趟九点半开车。月台上几乎没有人。我在几个车厢看看：有几个农民，一个服丧的妇女，一个专心致志在看塔西佗的《编年史》的青年，一个显得很高兴的士兵。列车终于开动。我认识的一个男人匆匆跑来，一直追到月台尽头，可是晚了一步。是理查德·马登上尉。我垂头丧气、忐忑不安，躲开可怕的窗口，缩在座位角落里。

我从垂头丧气变成自我解嘲的得意。心想我的决斗已经开始，即使全凭侥幸抢先了四十分钟，躲过了对手的攻击，我也赢得了第一个回合。我想这一小小的胜利预先展示了彻底成功。我想胜利不能算小，如果没有火车时刻表给我的宝贵的抢先一着，我早就给关进监狱或者给打死了。我不无诡辩地想，我怯懦的顺利证明我能完成冒险事业。我从怯懦中汲取了在关键时刻没有抛弃我的力量。我预料人们越来越屈从于穷凶极恶的事情，要不了多久世界上全是清一色的武夫和强盗了，我要奉劝他们的是：做穷凶极恶的事情的人应当假想那件事情已经完成，应当把将来当成过去那样无法挽回。我就是那样做的，我把自己当成已经死去的人，冷眼观看那一天，也许是最后一天的逝去和夜晚的降临。列车在两旁的梣树中徐徐行驶，在荒凉得像是旷野的地方停下。没有人报站名。"是阿什格罗夫吗？"我问月台上几个小孩。"阿什格罗夫，"他们回答说。我便下了车。

月台上有一盏灯照明，但是小孩们的脸在阴影中。有一个小孩问我："您是不是要去斯蒂芬·艾伯特博士家？"另一个小孩也不等我回答，说道："他家离这儿很远，不过您走左边那条路，每逢交叉路口就往左拐，不会找不到的。"我给了他们一枚钱币（我身上最后的一枚），下了几级石阶，走上那条僻静的路。路缓缓下坡。是一条泥土路，两旁都是树，枝桠在上空相接，低而圆的月亮仿佛在陪伴我走。

有一阵子我想理查德·马登用某种办法已经了解到我铤而走险的计划。但我立即又明白那是不可能的。小孩叫我老是往左拐，使我想起那就是找到某些迷宫的中心院子的惯常做法。我对迷宫有所了解：我不愧是彭㝡的曾孙，彭㝡是云南总督，他辞去了高官厚禄，一心想写一部比《红楼梦》人物更多的小说，建造一个谁都走不出来的迷宫。他在这些庞杂的工作上花了十三年工夫，但是一个外来的人刺杀了他，他的小说像部天书，他的迷宫也无人发现。我在英国的树下思索着那个失落的迷宫：我想象它在一个秘密的山峰上原封未动，被稻田埋没或者淹在水下，我想象它广阔无比，不仅是一些八角凉亭和通幽曲径，而是由河川、省份和王国组成……我想象出一个由迷宫组成的迷宫，一个错综复杂、生生不息的迷宫，包罗过去和将来，在某种意义上甚至牵涉到别的星球。我沉浸在这种虚幻的想象中，忘掉了自己被追捕的处境。在一段不明确的时间里，我觉得自己抽象地领悟了这个世界。模糊而生机勃勃的田野、月亮、傍晚的时光，以及轻松的下坡路，这一切使我百感丛生。傍晚显得亲切、无限。道路继续下倾，在模糊的草地里岔开两支。一阵清越的乐声抑扬顿挫，随风飘荡，或近或远，穿透叶丛和距离。我心想，一个人可以成为别人的仇敌，成为别人一个时期的仇敌，但不能成为一个地区、萤火虫、字句、花园、水流和风的仇敌。我这么想着，来到一扇生锈的大铁门前。从栏杆里，可以望见一条林荫道和一座凉亭似的建筑。我突然明白了两件事，第一件微不足道，第二件难以置信：乐声来自凉亭，是中国音乐。正因为如此，我并不用心倾听就全盘接受了。我不记得门上是不是有铃，是不是我击掌叫门。像火花迸溅似的乐声没有停止。

然而，一盏灯笼从深处房屋出来，逐渐走近：一盏月白色的鼓形灯笼，有时被树干挡住。提灯笼的是个高个子。由于光线耀眼，我看不清他的脸。他打开铁门，慢条斯理地用中文对我说：

"看来彭熙情意眷眷，不让我寂寞。您准也是想参观花园吧？"

我听出他说的是我们一个领事的姓名，我莫名其妙地接着说：

"花园？"

"小径分岔的花园。"

我心潮起伏，难以理解地肯定说：

"那是我曾祖彭㝠的花园。"

"您的曾祖？您德高望重的曾祖？请进，请进。"

潮湿的小径弯弯曲曲，同我儿时的记忆一样。我们来到一间藏着东方和西方书籍的书房。我认出几卷用黄绢装订的手抄本，那是从未付印的明朝第三个皇帝下诏编纂的《永乐大典》的佚卷。留声机上的唱片还在旋转，旁边有一只青铜凤凰。我记得有一只红瓷花瓶，还有一只早几百年的蓝瓷，那是我们的工匠模仿波斯陶器工人的作品……

斯蒂芬·艾伯特微笑着打量着我。我刚才说过，他身材很高，轮廓分明，灰眼睛，灰胡子。他的神情有点像神甫，又有点像水手；后来他告诉我，"在想当汉学家之前"，他在天津当过传教士。

我们落了座；我坐在一张低矮的长沙发上，他背朝着窗口和一个落地圆座钟。我估计一小时之内追捕我的理查德·马登到不了这里。我的不可挽回的决定可以等待。

"彭㝡的一生真令人惊异，"斯蒂芬·艾伯特说。"他当上家乡省份的总督，精通天文、占星、经典诠诂、棋艺，又是著名的诗人和书法家；他抛弃了这一切，去写书、盖迷宫。他抛弃了炙手可热的官爵地位、娇妻美妾、盛席琼筵，甚至抛弃了治学，在明虚斋闭户不出十三年。他死后，继承人只找到一些杂乱无章的手稿。您也许知道，他家里的人要把手稿烧掉，但是遗嘱执行人——一个道士或和尚——坚持要刊行。"

"彭㝡的后人，"我插嘴说，"至今还在责怪那个道士。刊行是毫无道理的。那本书是一堆自相矛盾的草稿的汇编。我看过一次：主人公在第三回里死了，第四回里又活了过来。至于彭㝡的另一项工作，那座迷宫……"

"那就是迷宫，"他指着一个高高的漆柜说。

"一个象牙雕刻的迷宫！"我失声喊道。"一座微雕迷宫……"

"一座象征的迷宫，"他纠正我说。"一座时间的无形迷宫。我这个英国蛮子有幸悟出了明显的奥秘。经过一百多年，细节已无从查考，但不难猜测当时的情景。彭㝡有一次说：我引退后要写一部小说。另一次说：我引退后要盖一座迷宫。人们都以为是两件事，谁都没有想到书和迷宫是一件东西。明虚斋固然建在一个可以说是相当错综的花园的中央，这一事实使人们联想起一座实实在在的迷宫。彭㝡死了；在他广阔的地产中间，谁都没有找到迷宫。两个情况使我直截了当地解决了这个问题。一是关于彭㝹打算盖一座绝对无边无际的迷宫的奇怪的传说。二是我找到的一封信的片断。"

艾伯特站起来。他打开那个已经泛黑的金色柜子，背朝着我有几秒钟之久。他转身时手里拿着一张有方格的薄纸，原先的大红已经褪成粉红色。彭㝹一手好字名不虚传。我热切然而不甚了了地看着我一个先辈用蝇头小楷写的字：我将小径分岔的花园留诸若干后世（并非所有后世）。我默默把那张纸还给艾伯特。他接着说：

"在发现这封信之前，我曾自问：在什么情况下一部书才能成为无限。我认为只有一种情况，那就是循环不已、周而复始。书的最后一页要和第一页雷同，才有可能没完没了地连续下去。我还想起一千零一夜正中间的那一夜，山鲁佐德王后（由于抄写员神秘的疏忽）开始一字不差地叙说一千零一夜的故事，这一来有可能又回到她讲述的那一夜，从而变得无休无止。我又想到口头文学作品，父子口授，代代相传，每一个新的说书人加上新的章回或者虔敬地修改先辈的章节。我潜心琢磨这些假设，但是同彭㝹自相矛盾的章回怎么也对不上号。正在我困惑的时候，牛津给我寄来您见到的手稿。很自然，我注意到这句话：我将小径分岔的花园留诸若干后世（并非所有后世）。我几乎当场就恍然大悟；小径分岔的花园就是那部杂乱无章的小说；若干后世（并非所有后世）这句话向我揭示的形象是时间而非空间的分岔。我把那部作品再浏览一遍，证实了这一理论。在所有的虚构小说中，每逢一个人面临几个不同的选择时，总是选择一种可能，排除其他；在彭冣的错综复杂的小说中，主人公却选择了所有的可能性。这一来，就产生了许多不同的后世，许多不同的时间，衍生不已，枝叶纷披。小说的矛盾就由此而起。比如说，方君有个秘密；一个陌生人找上门来；方君决心杀掉他。很自然，有几个可能的结局：方君可能杀死不速之客，可能被他杀死，两人可能都安然无恙，也可能都死，等等。在彭冣的作品里，各种结局都有；每一种结局是另一些分岔的起点。有时候，迷宫的小径汇合了：比如说，您来到这里，但是某一个可能的过去，您是我的敌人，在另一个过去的时期，您又是我的朋友。如果您能忍受我糟糕透顶的发音，咱们不妨念几页。"

在明快的灯光下，他的脸庞无疑是一张老人的脸，但有某种坚定不移的、甚至是不朽的神情。他缓慢而精确地朗读同一章的两种写法。其一，一支军队翻越荒山投入战斗，困苦万状的山地行军使他们不惜生命，因而轻而易举地打了胜仗；其二，同一支军队穿过一座正在欢宴的宫殿，兴高采烈的战斗像是宴会的继续，他们也夺得了胜利。我带着崇敬的心情听着这些古老的故事，更使我惊异的是想出故事的人是我的祖先，为我把故事恢复原状的是一个遥远帝国的人，时间在一场孤注一掷的冒险过程之中，地点是一个西方岛国。我还记得最后的语句，像神秘的戒律一样在每种写法中加以重复：英雄们就这样战斗，可敬的心胸无畏无惧，手中的钢剑凌厉无比，只求杀死对手或者沙场捐躯。

从那一刻开始，我觉得周围和我身体深处有一种看不见的、不可触摸的躁动。不是那些分道扬镳的、并行不悖的、最终会合的军队的躁动，而是一种更难掌握、更隐秘的、已由那些军队预先展示的激动。斯蒂芬·艾伯特接着说：

"我不信您显赫的祖先会徒劳无益地玩弄不同的写法。我认为他不可能把十三年光阴用于无休无止的修辞实验。在您的国家，小说是次要的文学体裁，那时候被认为不登大雅。彭㝡是个天才的小说家，但也是一个文学家，他绝不会认为自己只是个写小说的。和他同时代的人公认他对玄学和神秘主义的偏爱，他的一生也充分证实了这一点。哲学探讨占据他小说的许多篇幅。我知道，深不可测的时间问题是他最关心、最专注的问题。可是《花园》手稿中唯独没有出现这个问题。甚至连时间这个词都没有用过。您对这种故意回避怎么解释呢？"

我提出几种看法，都不足以解答。我们争论不休，斯蒂芬·艾伯特最后说：

"设一个谜底是棋的谜语时，谜面唯一不准用的字是什么？"

我想一会儿后说：

"棋字。"

"一点不错，"艾伯特说。"小径分岔的花园是一个庞大的谜语，或者是寓言故事，谜底是时间；这一隐秘的原因不允许手稿中出现时间这个词。自始至终删掉一个词，采用笨拙的隐喻、明显的迂回，也许是挑明谜底的最好办法。彭㝡在他孜孜不倦创作的小说里，每有转折就用迂回的手法。我核对了几百页手稿，勘正了抄写员的疏漏错误，猜出杂乱的用意，恢复或者我认为恢复了原来的顺序，翻译了整个作品；但从未发现有什么地方用过时间这个词。显而易见，小径分岔的花园是彭冣心目中宇宙的不完整然而绝非虚假的形象。您的祖先和牛顿、叔本华不同的地方是他认为时间没有同一性和绝对性。他认为时间有无数系列，背离的、汇合的和平行的时间织成一张不断增长、错综复杂的网。由互相靠拢、分歧、交错或者永远互不干扰的时间织成的网络包含了所有的可能性。在大部分时间里，我们并不存在；在某些时间，有你而没有我；在另一些时间，有我而没有你；再有一些时间，你我都存在。目前这个时刻，偶然的机会使您光临舍间；在另一个时刻，您穿过花园，发现我已死去；再在另一个时刻，我说着目前所说的话，不过我是个错误，是个幽灵。"

"在所有的时刻，"我微微一震说，"我始终感谢并且钦佩你重新创造了彭冣的花园。"

"不可能在所有的时刻，"他一笑说。"因为时间永远分岔，通向无数的将来。在将来的某个时刻，我可以成为您的敌人。"

　　我又感到刚才说过的躁动。我觉得房屋四周潮湿的花园充斥着无数看不见的人。那些人是艾伯特和我，隐蔽在时间的其他维度之中，忙忙碌碌，形形色色。我再抬起眼睛时，那层梦魇似的薄雾消散了。黄黑二色的花园里只有一个人，但是那个人像塑像似的强大，在小径上走来，他就是理查德·马登上尉。

　　"将来已经是眼前的事实，"我说。"不过我是您的朋友。我能再看看那封信吗？"

　　艾伯特站起身。他身材高大，打开了那个高高柜子的抽屉；有几秒钟工夫，他背朝着我。我已经握好手枪。我特别小心地扣下扳机：艾伯特当即倒了下去，哼都没有哼一声。我肯定他是立刻丧命的，是猝死。

　　其余的事情微不足道，仿佛一场梦。马登闯了进来，逮捕了我。我被判绞刑。我很糟糕地取得了胜利：我把那个应该攻击的城市的保密名字通知了柏林。昨天他们进行轰炸，我是在报上看到的。报上还有一条消息说著名汉学家斯蒂芬·艾伯特被一个名叫余准的陌生人暗杀身死，暗杀动机不明，给英国出了一个谜。柏林的头头破了这个谜。他知道在战火纷飞的时候我难以通报那个叫艾伯特的城市的名称，除了杀掉一个叫那名字的人之外，找不出别的办法。他不知道（谁都不可能知道）我的无限悔恨和厌倦。

JORGE LUIS BORGES
El jardín de senderos que se bifurcan

Copyright © 1996 by María Kodama
All rights reserved

图字：09-2010-605号